LAVIS
FISCHER
KRÄUTERSAMMLER
HOLZWERKER
BAUERN
HOLZFÄLLER
JÄGER
BÄCKER
MÜLLER
WEISSER LETO
BLAUER LETO

OETINGER
34

KINGS & FOOLS

3

VERFLUCHTE GRÄBER

OETINGER 34

Alle Bände der Reihe »Kings & Fools«

Band 1: Verdammtes Königreich
Band 2: Verstörende Träume
Band 3: Verfluchte Gräber
Band 4: Vergessenes Wissen
Band 5: Vermisste Feinde
Band 6: Verbotene Mission

MIX
Papier aus verantwortungsvollen Quellen
FSC www.fsc.org FSC® C083411

Edition Oetinger34

Ein Imprint der Verlag Friedrich Oetinger GmbH

Text von Natalie Matt
Einband und Grafiken von Jacqueline Kauer
Satz: Das Herstellungsbüro, Hamburg
Druck und Bindung: CPI – Clausen & Bosse, Leck
Printed 2015
ISBN 978-3-95882-071-5

Dieses Buchprojekt ist auf Oetinger34.de im Team entstanden.
Autoren: Natalie Matt, Silas Matthes, Pate: Bernhard Hennen

www.oetinger34.de

Erschaffe die Welt von Kings & Fools:

#kingsandfools
www.kingsandfools.de

Für meine Mama,

weil *du* die Sonne in *meinem* Leben bist.

Noel

Prolog

Niemand weiß, was den Chronisten dazu bewog, seinen König zu ermorden.

Es war ein Jahr des Friedens gewesen. Das Getreide stand golden auf den Feldern, und es war reif für die Ernte. Das Volk arbeitete hart, doch es war klaglos. Nach dem langen Winter hatte die Sonne ihre Lebensgeister endgültig wieder aufgeweckt.

Die Königin erwartete ein Kind, neun Monate trug sie es bereits unter ihrem Herzen. Und das ganze Königshaus war in freudiger Erwartung.

Alle zwölf Phönixe hatten sich in der Burg versammelt, um am Tag der Geburt anwesend zu sein.

Niemand ahnte von den dunklen Plänen des Chronisten. Wie lange war der grausame Verrat in ihm gereift? Wie lange hatte er in seinem Laboratorium vor den dampfenden Kesseln gestanden? Hatten sich die düsteren Gedanken seiner bemächtigt, seit er begonnen hatte, Blut zu husten? War es, seit er das schwarze Pergament von seiner Reise mitgebracht hatte?

Der Chronist war ein Meister der Alchemie. Es gelang ihm, das Wasser der Phönixe mit einem Gemisch zu durchsetzen, das ihnen die Kraft raubte und ihnen die Inbrunst des Feuers entriss.

Zwei abtrünnige Phönixwächter überfielen die magischen Geschöpfe im Schlaf. Sie schnitten ihnen die Kehlen durch, durchtränkten die Weidennester mit Blut.

Die geschwächten Phönixe wurden erbarmungslos getötet. Sie verbrannten, und ihre Aschehaufen legte man für die Wiedergeburt in Käfige. Unzerstörbare Gitter, die sie nie wieder verlassen sollten.

Welche Kräfte sich der Chronist dabei zunutze machte, ist bis zum heutigen Tage nicht geklärt. Besaß er den Ring des Phönix, der ihm die Macht gab, die magischen Geschöpfe zu besiegen? Beschwor er eine Kreatur aus der Dunkelheit? Oder war das Gemisch im Wasser tatsächlich von einem Gift durchsetzt, das einen Phönix zu töten vermochte?

Der König und seine Männer kämpften indessen verzweifelt gegen die abtrünnigen Soldatentrupps. Doch zu lange hatte Frieden im Königreich geherrscht. Auf diesen Angriff war man nicht vorbereitet. Zu sehr hatte man sich nach außen, jedoch nicht nach innen geschützt.

Der Chronist erschlug seinen König eigenhändig und ließ das gesamte Königsgeschlecht umbringen, jeden Einzelnen von ihnen. Selbst die Königin und ihr Sohn, die im Kindbett lagen, wurden nicht verschont. Das Neugeborene hatte nur wenige Stunden das Licht der Welt erblickt, als man es zurück in die Dunkelheit stieß.

Lavis weinte. Erst laut, dann sehr bald leise. Doch in der neuen Ordnung vergaß man schnell, denn der Chronist, der fortan als Brennender König auftrat, wusste, wie man Wissen tilgt.

Favilla hat nicht vergessen. Favilla erinnert sich an diese Nacht des Blutes.

Die Nacht des Chronisten.

Aus: *Die Schriften der Asche*, Seite 34 ff., von: Nathanael Hood, verwahrt in der geheimen Sammlung Jonathan Hoods, Regal VI

Mein Sohn, ich gründete Favilla, und du sollst dieses Erbe antreten. Ich überlasse dir dieses Schriftstück, denn schon bald wird mich die Krankheit dahingerafft haben. Ich vermache dir außerdem mein Amulett. Trage es mit Stolz, zeige Kraft, doch scheue dich nicht, Tränen zu verlieren, wenn du allein bist. Allein. Traue niemandem.

Ein Notizblatt, eingelegt in: *Die Schriften der Asche*

1

Lavis. Friedhof.

Das Knirschen vom Kies unter meinen Schuhen kommt mir viel zu laut vor. Bei jedem Schritt habe ich das Gefühl, der Nebel umschließt mich mehr. Die Schlieren im Weiß legen sich wie eisige Fesseln um meinen Körper. Es fühlt sich an, als würde eine zähe, milchige Schicht über meine Haut kriechen, sich unter den Saum meiner Hose bis hoch an die Kehle schlängeln.

Ich schiebe mein Kinn tiefer in den Kragen. Druck liegt auf meinen Ohren, als wolle sich die Stille des Friedhofs in meinen Kopf hineinpressen.

Ich kann mich kaum noch an diesen Ort erinnern. Mit den verhüllten Männern im Nacken hat das alles ganz anders gewirkt.

Ich gehe vorbei an den verwitterten Gräbern, den grauen, trostlosen Steinen, unter denen die Toten verwesen. Verdorrte Bäume schlagen sich mir in der Finsternis in den Weg. Der Geruch von feuchter Erde drängt in meine Nase.

Ich reibe mir über das Gesicht.

Ich habe kein Problem mit der Dunkelheit, hatte ich noch nie. Aber ich hasse die Ungewissheit.

Ich weiß nicht, was es mit diesem Ort auf sich hat. Etwas an diesem Nebel lässt mich denken, dass ich hier nicht alleine bin. Das Weiß ist ständig in Bewegung, als würden sich die Schlieren darin zu Gesichtern formen, die mich gespenstisch anstarren.

Aus den Fängen des Nebels taucht plötzlich die Kutsche des Totengräbers auf. Nicht mal Hufgetrappel konnte ich ausmachen, erst jetzt höre ich, wie die Kutsche mit einem Knarren zum Stehen kommt. Das Holz ist mit pechschwarzer Farbe beschmiert. Der Leichenkasten sieht von hier wie eine gewaltige dunkle Truhe auf Rädern aus. Ich trete näher.

Eine Gestalt steigt herab, das alte Holz knarzt bei jeder Bewegung. Ein krummer Rücken drückt sich unter einem schwarzen Gewand hervor. Der Totengräber.

Er klopft kräftig mit der flachen Hand auf den Hals seines Pferdes. Es wiehert, und Fliegen schwirren aufgeschreckt in die Finsternis. Lange, zottlige Haare verbergen die Hufe. Die Flanken wirken erstaunlich kräftig, kein einziger Rippenbogen zeichnet sich ab, nur die Konturen der breitläufigen Muskeln. Das schwarze Fell liegt eng und glatt am Körper, als wäre es die bloße, nackte Haut.

Der Totengräber grummelt etwas vor sich hin, noch hat er mich nicht bemerkt. Er öffnet eine Klappe hinten an der Kutsche. Füße rutschen aus der Öffnung hervor. Nackte, bleiche Füße. Tote Füße.

In den Bergwerken habe ich manchmal Leichen gesehen, aber ich kann mir nicht vorstellen, wie schnell sie verwesen, bis sie so aussehen wie die Totenschädel in Favilla. Ob sie dann zuerst braun werden, so wie ein Apfel, wenn man ihn zu lange liegen lässt? Ob dann das Fleisch ganz langsam abfault, oder wird es einfach Stück für Stück von Maden weggefressen?

Ruckartig dreht der Totengräber den Kopf in meine Richtung.

Erst sieht es so aus, als würde er die Zähne fletschen, aber ich glaube, er schaut immer so. Sein Gebiss ist ungewöhnlich groß. Die vorderen Eckzähne zeigen als spitze Zacken schief aus dem Zahnfleisch.

Weiß er, dass ich komme?, habe ich Jon gefragt.

Ja, er wird dich an deiner Robe erkennen. Aber sei vorsichtig, hat er dann hinzugefügt und die Stimme ein wenig gesenkt, *reize ihn nicht. Er hat zu viel Zeit mit den Toten verbracht.*

Ich schlucke und hebe meine Hand, tippe zweimal mit dem Finger gegen die Stirn – der Gruß der Minenarbeiter.

Der Totengräber rümpft die Nase. Sein Bart umrahmt das faltige Gesicht, borstige Haare wachsen ihm bis weit über die Wangen. Misstrauisch sieht er mich aus tief liegenden, alten Augen an.

»Jonathan schickt mich«, sage ich.

»Aha.« Der Totengräber zieht die Kapuze vom Kopf und entblößt verfilzte, lange Haare.

»Ja. Da war was«, sagt er, dann greift er nach den nackten Füßen der Leiche und dreht mir den Rücken zu.

»Erst mal muss ich die hier wegschaffen.«

Ich bin mir nicht sicher, ob er mit sich selbst redet oder noch mit mir, aber dann ruckt sein Kopf plötzlich wieder in meine Richtung.

»Wie ist dein Name, Junge?«, fragt er.

»Noel«, sage ich.

»Aha«, krächzt er und schielt dabei seltsam zu mir. »Pack mal mit an.« Er deutet mit dem Kopf in das Innere der Kutsche. »Ganze zehn Stück heute.«

Der Totengräber zieht einen schlaffen Körper nach draußen, schwerfällig stapft er rückwärts, seine Füße schlurfen über den Boden. Erst bleibt der Kopf der Leiche noch am Rand der Klappe hängen, dann plumpst er mit einem dumpfen Schlag auf die Erde. Ich ziehe scharf die Luft ein.

So kann er doch nicht mit dem Mann umgehen – tot oder nicht.

Wenn ein Grubenmann oder eine Grubenfrau in den Minen verschüttet wurde, haben wir den leblosen Körper geborgen, möglichst vorsichtig hinausgetragen, und irgendwer hatte immer ein Kleidungsstück parat, mit dem wir das Gesicht bedecken konnten.

»Du nimmst die Arme«, sagt der Totengräber.

»Okay«, sage ich. So hätte man mich auch damals in der Schicht fragen können, ob ich mal kurz mit anpacke. Aber hier handelt es sich nicht um irgendein Gestein.

Ich trete vor den Kopf der Leiche. Von hinten stößt mir der abartige Geruch aus der Kutsche in die Nase. So was habe ich noch nie gerochen, süßlich und doch nicht, faul und das irgendwie auch nicht. Meine Kehle schnürt sich zu, krampfhaft versuche ich, den Würgereiz zu unterdrücken. Ich bemühe mich, nur noch flach durch den Mund zu atmen.

»Ich hab nicht bis Sonnenaufgang Zeit«, drängt er mich.

»In Ordnung.« Der Tote ist ein Mann, etwa um die dreißig Jahresumläufe, er trägt ein graues Gewand. Sein Gesicht sehe ich mir nicht genauer an. Der kurze Blick auf die gelblich weiße Haut hat mir gereicht und der Gedanke, dass er viel zu früh sterben musste. Ich greife nach den Händen. Sie sind weich und kalt.

Plötzlich ein lautes Lachen, vielleicht auch ein Husten, das lässt sich nicht eindeutig sagen. Ich sehe in das haarige Gesicht des Totengräbers.

»Ha. Hattest gedacht, ich würde dich das machen lassen.« Wieder zeigt er mir die Zähne. »Nun hau schon ab, Junge, das ist mein Job.«

»Ja«, sage ich. »Ich komme ja auch wegen der Nachricht.«

»Ach ja«, er schürzt die Lippen. Er starrt auf die Leiche am Boden, dann wieder nachdenklich ins Innere der Kutsche. »Ja, jetzt weiß ich's wieder«, sagt er und zieht eine weitere Leiche nach draußen. Sie fällt auf den Boden, halb über die andere drüber.

Diesmal ein Schwarzgewändler. Die Kleidung hat weder Risse, noch ist sie dreckig. Vielleicht jemand, der in der niederen Politik gearbeitet hat.

Und irgendwo im Ring der Schwarzgewändler sitzt nun eine trauernde Familie. In meiner Brust verschließt sich etwas. Seine Augen sind zu. Aber er könnte sie jeden Moment wieder aufreißen, so wirkt es. Woran ist er gestorben?

Die meisten Minenarbeiter sterben, weil ihre Lungen voller Staub sind, die harte Arbeit sie zermürbt hat und sie ihr Pensum nicht mehr einhalten können. Sie verhungern ab einem gewissen Alter einfach. Oder ein Einsturz in den Minen zertrümmert ihre Körper. Aber ein Mann wie dieser?

Der Totengräber beugt sich über die Leiche und macht sich grob an der Hose zu schaffen, der Körper wackelt auf dem Boden hin und her. Dann zieht er ein Stück Pergament aus dem Hosenbein hervor und drückt es mir in die Hand.

Die Adern auf seinem verschrumpelten Handrücken sehen aus wie Würmer, die unter der Haut kriechen.

»Danke«, sage ich und falte die Nachricht einmal in meiner Hand. »Was war das für ein Mann?«

Der Totengräber zuckt mit den Schultern.

»Tot ist tot.« Er zeigt mit dem Finger auf das Pergament in meinen Händen. »Damit könntet ihr mir in Zukunft gestohlen bleiben. Kannst du Jon sagen. Die verdammten Königswachen nerven mich so schon genug.« Er zieht die Nase hoch.

»Was ist mit denen?«, frage ich.

»Stellen Fragen. Schnüffeln rum.« Urplötzlich schnellt seine Hand hoch und zerquetscht eine Fliege, die sich auf seinen Unterarm gesetzt hat. »Lästige Dinger.«

»Was wollen sie denn?«

»Das Übliche. Wichtigtun.« Er schnieft noch mal. »Aber irgendwie sind mehr von denen unterwegs als sonst.«

»Wo sind sie unterwegs? Geht Gefahr von ihnen aus?«

Der Totengräber zuckt wieder mit den Schultern. »Früher oder später landen sie eh alle bei mir.« Er dreht sich noch einmal zu seinem Pferd um und tätschelt ihm die Flanke. Ich kann den Blick nicht von den langen Fingernägeln des Totengräbers nehmen. Dicke verhornte Klauen, unter denen sich schwarzer Dreck gesammelt hat. »Nicht wahr, Nelson.«

Das Pferd bleibt unverändert stehen.

Dann dreht der Totengräber sich wieder zu mir, und an dem Ausdruck in seinen Augen erkenne ich, dass er jetzt in Ruhe weiterarbeiten will.

»Na dann«, sage ich, »danke für die Nachricht.«

Es ist ein komisches Gefühl, ihm und den Leichen den Rücken zuzukehren. Langsam gehe ich vorwärts und sinke wieder in die Nebelschwaden ein. Ich fasse mit den Händen in das Weiß, als könnte ich nach dieser Substanz greifen, aber meine Finger gleiten hindurch.

Mein Atem geht flach. Möglichst lautlos bewege ich mich an den Grabsteinen vorbei und halte die Augen offen. Hin und wieder werfe ich einen Blick über die Schulter.

Links liegt das *Soldatenfeld*, geradeaus die *Alten Gräber*, ich muss die Richtung halten. Auf dem Hinweg habe ich versucht, mir alles einzuprägen.

An dem großen Grabstein etwa in der Mitte des Friedhofs bleibe ich stehen, er ist mir vorhin schon aufgefallen.

Die Oberfläche ist glatt. Buchstaben sind darin eingemeißelt, angeordnet zu einem Block, der aus sechs Zeilen besteht. Komisch, sie ergeben keine Wörter, jedenfalls keine, die mir bekannt sind. Um die Buchstaben herum ist ein Flammenkreis ins Gestein geschlagen. Wahrscheinlich hat der Verstorbene der alten Kultur angehört. Jemand, der vielleicht viel Einfluss hatte.

Noch einmal wandern meine Augen über die Zeilen. Was steht dort? Welche Botschaft aus alter Zeit bleibt mir verborgen? Aber ich muss weiter, ich hätte überhaupt gar nicht stehen bleiben sollen.

Der Nebel hat sich etwas gelichtet. Schon auf der Hälfte der Allee kann ich das ruinenartige Bauwerk sehen. *Amphitheater,* hat Jon es genannt.

Der steinerne Halbkreis, der etwa vier Manneslängen in die Höhe ragt, hat in der Mitte einen Durchgang. Von dort fächern sich in beide Richtungen breite Stufen auf, die wie geschichtete Ringe auf den zentrierten Platz vor dem Eingang von Favilla führen.

Ich streiche über den Stein. Sandstein. Es muss Hunderte von Jahresumläufen gebraucht haben, um so etwas Gewaltiges zu errichten.

Das Pergament in meinen Händen zittert im Wind. Der Drang, das Siegel zu brechen, ist groß. Welche Information hat der Kontaktmann für den Internatsleiter? Aber Jon würde das natürlich bemerken, nicht nur wegen des Siegels. Ein Blick in mein Gesicht würde reichen.

Ich betrachte das Siegel genauer und fahre einmal mit dem Finger über die Prägung. Das Symbol eines Phönix ist ins Wachs gedrückt. Breite Flügel und ein prächtiger Schweif, der von innen die Kreisform des Siegels nachzeichnet.

Ich müsste es nur öffnen. Ich müsste es bloß vorsichtig lösen und einen kurzen Blick hineinwerfen, ich würde es ganz schnell machen.

In diesem Moment durchbricht ein Geräusch die Stille. Irgendwo hinter mir. Wie ein Fauchen, das zwischen den Steinen widerhallt und nur mir gilt.

Ich lasse mich in die Sträucher hinter mir fallen, Äste kratzen durch das Leinen über meine Haut, mein Herz klopft wie wild.

Ich lausche.

Vermutlich nur ein aufgeschrecktes Tier?

Ich wage es nicht, meine Deckung aufzugeben. Ich warte so lange, bis mein Herzschlag wieder gleichmäßig wird.

Erst dann setze ich meinen Weg fort, bin noch aufmerksamer als vorher.

Ich hasse die Ungewissheit. Ich hasse sie, seit ich nach Favilla gebracht wurde. Weil ich jetzt weiß, dass hinter den Dingen viel mehr steckt als angenommen.

Der Umschlag liegt in meinen kalten Händen. Alles gilt es zu hinterfragen, alles.

Als ich die Treppen des Amphitheaters hinabsteige und vor dem Eingang zu Favilla stehe, drehe ich mich noch einmal um. Nichts.

Nur das Weiß, das hinter den Steinmauern wartet.

2

Favilla. Einzelzelle.

Die Klinge saust auf mich zu. Aber ich schrecke nicht zurück.

Mein Arm schnellt hoch, ich packe Mirlindas Handgelenk. Das Messer stoppt etwa eine Handbreit vor meinem Gesicht. Ich halte stand. Beide Hände zittern leicht, weil wir mit voller Kraft gegeneinanderdrücken. Bis Mirlinda schließlich nachgibt und die Waffe sinken lässt.

»Gut gemacht«, sagt sie, atmet durch und streicht sich die blonden Locken nach hinten.

Für eine Lehrende ist sie sehr jung. Ich nehme an, sie hat um die dreißig Jahresumläufe hinter sich.

»In solchen Momenten wird immer die Kraft siegen. Sprich – du. Sei dir deiner Stärken bewusst, bring deine Gegner dazu, dass du sie einsetzen kannst.« Sie richtet sich auf, wischt sich mit dem Handrücken über die verschwitzte Stirn.

Ohne Vorwarnung geht es weiter. Das Messer kommt frontal auf mich zu, danach von rechts. Einmal fälsche ich ihren Arm mit dem Ellenbogen ab, dann wieder weiche ich schnell zur Seite, sodass die Klinge ins Leere sticht.

Mir gefällt das Training mit ihr, wie kontrolliert sie vorgeht, sich aber gleichzeitig nicht zurückhält. Es ist okay, wenn hin und wieder jemand einen Treffer im Kampf abbekommt, das gehört dazu. Nur so lernt man.

Meine Reaktionen haben sich verbessert, und die Tricks, die sie mir beigebracht hat, wende ich teilweise schon an, ohne darüber nachzudenken.

Jetzt tänzelt Mirlinda nach links, dann wieder nach rechts. Ich folge ihren Schritten, fixiere aber gleichzeitig die Waffe in ihren Händen.

Sie zuckt vor. Das Messer kommt von der Seite auf mich zugeschossen, aus einem Winkel, auf den ich nicht gefasst bin. Ich weiß nicht, wie ich ausweichen soll. Knapp vor meiner Hüfte bleibt die Messerspitze stehen.

Einen Augenblick verharren wir so. Ich sehe von der Klinge in ihre Augen. Dann lässt sie die Waffe sinken.

»Damit habe ich nicht gerechnet«, sage ich außer Atem.

Mirlinda nickt. »Ich werde dir zeigen, wie du einen solchen Angriff abwehren kannst. Wir stellen es in verlangsamter Zeit nach.« Sie reicht mir das Messer, es ist überraschend leicht. Ich betrachte meine Lederhandschuhe mit den Metallbeschlägen auf dem Handrücken. Ich muss versuchen, auch mit ihnen ein Gefühl für die Waffe zu bekommen.

»Ziel von der Seite auf meine Hüfte«, sagt Mirlinda.

Ich mache ihre Bewegung von eben langsam und sauber nach. Ich merke mir, wie sie mit ihrer Hand von unten unter meiner durchgreift, dann eine ruckartige Drehbewegung ausführt, sodass ich mit dem Arm zwangsläufig nachgeben muss. Meine Hand wird nach hinten gedrückt, und ich kann nicht anders, als das Messer fallen zu lassen. Es schlittert über die Steinplatten. Ich bin entwaffnet.

»Konntest du folgen?«, fragt sie.

»Ich denke schon.«

Sie hebt das Messer wieder auf und positioniert sich in Kampfhaltung. »Jetzt du.«

Ich lecke mir über die Lippen, nehme ebenfalls die Kampfhaltung ein.

Den ersten Schlag führt sie noch nicht ganz so schnell aus, sodass ich erst versuchen kann, das Entwaffnungsmuster anzuwenden. Sobald ich aber verstanden habe, wie die Bewegungsabläufe funktionieren, gehen wir wieder in den normalen Kampf über und kombinieren ihn mit dem neuen Abwehrgriff. Unsere Schatten tanzen über die Wände, sie sind riesengroß. Wie zwei Bären, die miteinander ringen.

Beim fünften Versuch schaffe ich es, sie zu entwaffnen.

»Gut«, sagt Mirlinda schließlich, während sie die Handschuhe abstreift. »Das reicht für heute.«

Ich lasse die Arme sinken, meine Haltung lockert sich. Das Leinenhemd klebt an meinem Rücken, die Schweißperlen auf der Kopfhaut kitzeln mich. Meine Glieder sind schwer.

Plötzlich kneift Mirlinda das Gesicht zusammen und zieht Luft durch die Zähne. »Ich muss dich wohl erwischt haben.« Sie zeigt auf meinen Oberarm und betrachtet dann das Messer. Mit dem Finger fährt sie über einen Sporn am Griff. »Ich schätze, das ist von dieser Kante hier. Ich sollte das mal abschleifen.«

Erst nun bemerke ich den lang gezogenen Kratzer auf meiner Haut, der langsam zu brennen beginnt. »Jetzt, wo du es sagst.« Ich drehe den Arm etwas zu mir. Es sieht allerdings wirklich nicht dramatisch aus, es blutet nur ein klein wenig.

Sie lacht auf. »Oft kommt der Schmerz erst, wenn man ihn entdeckt hat.«

Es ist schon die fünfte Einzelstunde mit Mirlinda, trotzdem

habe ich immer noch keine Ahnung, wer sie ist. Ich kenne die Regungen in ihrem Gesicht, die Momente, wenn ein kurzes Lächeln oder ein Augenblick der Besorgnis wie eben gerade die Gleichgültigkeit durchbricht, die sie normalerweise ausstrahlt. Aber ich weiß weder, wie sie nach Favilla gekommen ist, noch, welche Vergangenheit hinter ihr liegt. Wie steht sie zu uns Zirklern, den anderen Lehrenden, Jon?

Ich öffne den Mund, aber sie kommt mir zuvor. »Die Handschuhe.« Sie zeigt auf meine Hände.

Ich brauche einen Augenblick. »Klar«, sage ich dann und streife sie ab. Meine Hände fühlen sich etwas taub an, ich balle sie ein paarmal zu Fäusten, um die Finger dann wieder zu strecken. Das Gefühl kehrt langsam in sie zurück.

»Wir machen nächstes Mal bei der Übung weiter.«

»Gut.« Ich bleibe noch kurz stehen, aber sie erwidert nichts mehr.

Ich habe die Hand schon am Türgriff, doch ich halte inne, denn in diesem Moment öffnet Mirlinda die schwere Truhe gleich neben dem Ausgang.

Die Scharniere quietschen, und der Deckel kracht gegen die steinerne Wand. Ich habe noch nie gesehen, was sich in der Truhe befindet. Als ich hinüberschiele, erkenne ich fünf Paar Handschuhe, die in verschiedenen Fächern liegen.

Links außen die braunen Lederhandschuhe mit den Metalleinfassungen, die ich eben getragen habe. Daneben ein Paar, das ich nicht kenne, auf den Fingerkuppen sind eiserne Dornen angebracht.

In der Mitte liegen mit Eisenplättchen beschlagene Handschuhe, deren metallene Stulpen bis zu den Ellenbogen aufragen und kein verwundbares Stück Haut freilassen.

»Wie nennt man die in der Mitte?«, frage ich.

Ich drücke mich wieder in die Zelle hinein, die Tür fällt zu.

»Pikenierhandschuhe«, sagt Mirlinda. »Die sind für den Nahkampf aber eher ungeeignet. Das da –«, sie zeigt auf die daneben, »sind Panzerhandschuhe mit Kettengeflecht.« Sie spricht, ohne sich dabei umzudrehen.

Ich stelle mich neben sie, und schließlich reicht sie mir eins der metallenen Paare. Es liegt schwer in meiner Hand.

»Die Stacheln sind spitzer als ein Pfeil«, stelle ich fest.

»Wenn du damit jemanden im Kampf triffst, brauchst du sonst keine Waffe mehr.« Sie zeigt auf die Finger. »Die Metallschuppen sind dazu da, um sich deinen Bewegungen anzupassen.«

Ich biege die Fingerglieder und beobachte, wie sich die Metallplättchen mitbewegen.

»Was ist mit denen?« Ich deute auf das schwarze Paar rechts außen in der Truhe.

»Das zeige ich dir am besten ein anderes Mal.« Ein kurzes Aufblitzen in ihren Augen, sie nimmt mir den Handschuh ab, legt ihn zurück und schließt die Truhe wieder. »Bis dann, Noel.«

Hinter Jon leuchten die Flammen zwischen den vielen Türen. In seinem Gesicht kann ich nie lesen, ob er etwas Gutes oder Schlechtes zu verkünden hat.

Alle neun Zirkler, zu denen eigentlich auch Lucas gehörte, sind anwesend. Mir fällt das Pergament auf, das Jon fest in den Händen hält. Es ist die Nachricht des Totengräbers, die ich ihm letzte Nacht gegeben habe.

Jon.

Mir kommt es vor, als wüsste ich schon seit meiner Ankunft in Favilla, dass er in Wahrheit der Internatsleiter ist. Aber tatsächlich ist es nur wenige Wochen her, dass er mich in einen Nebenraum der Krankenstation geführt hat. Dass ich all das erfahren habe.

»Wir müssen miteinander sprechen«, sagte er an dem Morgen, an dem Lucas nicht in unserer Zelle war, die blutigen Flecken auf der weißen Schürze blendeten mir förmlich in den Augen.

Nervös stand ich in diesem fremden Raum und wartete, dass etwas passierte. Ähnlich wie im Hauptraum der Krankenstation drängten sich Glasfläschchen in den Holzregalen an der Wand, nur waren es hier noch viel mehr. Manche hatten eine ganz seltsame Farbe: von Dunkelblau bis hin zu einem kräftigen Orange. In einigen Fläschchen waren noch Reste irgendwelcher Kräuter zu erahnen. Kleine Schilder klebten am Glas, aber im schummrigen Licht konnte ich sie nicht entziffern.

»Setz dich«, erklang seine Stimme hinter mir, wie die eines heranschleichenden Tieres, und ich rechnete mit dem Schlimmsten.

Stammten die roten Flecken von Lucas? Ich war mir sicher, dass er mir genau das gleich sagen würde: dass er alles getan hatte, aber Lucas nicht hatte retten können.

Ich versteifte mich auf dem kalten Stuhl, während er sich mir gegenübersetzte. Am liebsten hätte ich mir die Ohren zugehalten, um nichts hören zu müssen. Seine Augen hielten mich gefangen mit ihrem prüfenden, alles durchdringenden Blick. Wie weiße Kugeln drückten sie sich aus seinem Gesicht.

»Ich habe einen Fehler gemacht, Noel«, sagte Jon schließlich und faltete die Hände auf der Tischplatte.

Ich sah zum Hauptzimmer, die Tür war einen Spalt offen, aber ich konnte keinen toten Lucas-Körper entdecken, keine schlaffe Hand, die zur Seite fiel, es waren nur die Steinwand und die metallenen Geräte zu sehen.

Ich wollte fragen, was mit Lucas los ist. Wo zum Henker sie ihn hingebracht hatten.

Aber ich bekam keinen Laut hervor.

Jon ergriff endlich wieder das Wort. »Du sitzt hier, weil ich einen Fehler gemacht habe«, wiederholte er. »Ich habe die besten Kämpfer gesucht. Ich habe ihnen mein Vertrauen geschenkt. Ich habe auf sie gesetzt. Auf ihre Fähigkeiten und auf ihre Talente. Und weißt du, was geschehen ist?«

Er zuckte mit dem Kinn ein klein wenig nach vorn.

»Lucas ist geflohen. Er hat uns verraten.« Er faltete die Hände noch fester zusammen. »Ohne dass ich es geahnt hätte, stand er von Anfang an nicht hinter den Werten, die mir am allerwichtigsten sind: Er hat mein Vertrauen gebrochen.« Er blinzelte. Einmal. Zweimal.

»Er würde niemals ...«

Jon unterbrach mich, indem er einfach nur still die Hand hob. Und dann erzählte er mir von all diesen Dingen, die ich in jenem Moment noch nicht annähernd verstehen konnte: was Favilla ist, wieso wir hier sind, von dem Zirkel und unserem größten Feind, dem Brennenden König.

Worte wirbelten in meinem Kopf umher und prallten unkontrolliert aufeinander. Ich versuchte, sie irgendwie zu ordnen. Aber da war nur Chaos.

Die Schritte nachts, Lucas' Wut und sein Ehrgeiz, Estelles blasses Gesicht – all das schoss mir nun durch den Kopf.

»Ich habe dich beobachtet, Noel«, sagte Jon schließlich, und irgendwie war es unheimlich, das zu hören, die Vorstellung, dass diese Augen mein Favilla-Leben die ganze Zeit verfolgt hatten.

»Du bist vielleicht nicht der beste Kämpfer von Favilla, nicht unbedingt so talentiert wie Lucas. Aber es war ein Fehler, sich darauf zu versteifen. Ich brauche jemanden, der loyal ist, der hinter meiner Idee steht. Ich brauche jemanden, der weiß, worauf es ankommt, mehr, als ich einen perfekten Krieger brauche. Das weiß ich nun. Dabei konnte ich es doch die ganze Zeit in deinen Augen sehen. Die Art, wie du Bücher aufschlägst, dein Gesichtsausdruck, wenn du liest. Die entschlossene Haltung der Feder, wenn du etwas zu Papier bringst. Und genau deshalb bist du hier.«

Irgendwo in mir regte sich etwas. Eine Nervosität, von der ich plötzlich wusste, dass nur Jon sie auflösen konnte.

»Du bist einer von den Guten, Noel. Aber vor allem ist es …« Er erhob sich von seinem Stuhl, stützte sich mit beiden Händen auf der Tischplatte ab, und mir lief ein Schauer den Rücken hinunter. »In meiner ganzen Laufbahn, in all der Zeit in Favilla, hatte ich noch nie einen Schüler vor mir sitzen, der für das Wissen so sehr brannte wie du.«

Jetzt richtete er sich ganz auf. »Und deshalb …«, sagte er, »deshalb wirst du keiner Prüfung unterzogen, du wirst bedingungslos Mitglied des Zirkels, weil ich weiß, dass ich dir vertrauen kann und dass du mich nicht hintergehen wirst.« Er unterbrach den Augenkontakt keinen Moment. »Ich täusche mich darin nicht, richtig, Noel?«

Ich holte tief Luft.

»Tue ich nicht«, beantwortete er sich die Frage selbst, bevor ich überhaupt etwas erwidern konnte.

Und zum ersten Mal, seit ich Jon kannte und ihn auf diese bestimmte Art grinsen sah, steckte mich das an.

Und mir war plötzlich klar, dass sich von nun an alles ändern würde, dass es jetzt einen Sinn gab, hier in diesen leblosen Katakomben zu sein, und nicht nur das, ich war irgendwie auch stolz.

Jons Augen erinnern mich immer wieder daran. Jedes Mal, wenn wir uns im Zirkel versammeln.

»Danke, dass ihr hier seid.« Seine Stimme hat in diesem Raum einen ganz anderen Klang, einen viel gebieterischeren. »Ich habe lange über das nachgedacht, was ich nun mit euch besprechen werde. Doch die Befürchtungen haben sich bestätigt. Ich habe die Nachricht von einem Informanten erhalten.«

Ich schlucke.

»Die Königswachen. Sie kommen näher.« Er hält das Pergament nach oben.

Irgendjemand rechts neben mir scharrt mit dem Fuß nervös über den Boden. Nora und Callan wechseln einen beunruhigten Blick.

»Im Südwesten von Lavis wurde ein Lager entdeckt. Die Boten durchstreifen die Wälder bei Nacht. Wir sind beunruhigt. Wir wissen nicht, wonach sie suchen. Wir glauben zwar nicht, dass sie von unserer Existenz ahnen, dafür gibt es keinen Anhaltspunkt, aber trotzdem suchen sie anscheinend nach etwas. Irgendetwas in diesem Wald.« Er tauscht einen kurzen Blick mit Roland. »Es ist Zeit, sich für diesen Schritt zu entscheiden: Wir müssen weitere Wachen aufstellen, und zwar draußen auf dem Friedhof.« Er sagt es mit dieser Entschlossenheit, die zu ihm zu gehören scheint wie die Käfigvögel zu den Minen.

Aber die Unruhe in mir wird trotzdem größer. Ich war erst auf dem Friedhof. Ich war erst dort.

Es muss ihn große Überwindung gekostet haben, sich tatsächlich zu dieser Maßnahme durchzuringen, bei einem solchen Ort wie dem über uns.

»Nora.«

»Ja.« Sie tritt einen Schritt vor.

»Du wirst morgen die erste Nachtwache mit Ellinor halten.«

»Okay.«

»Theodor bringt euch die Waffen und wird euch zum Wachtposten führen. Sollten die Königsmänner das Friedhofsgelände betreten, zündet ihr sofort das Nebelfeuer an der Statue an, um den Begrabenen am Eingang von Favilla ein Warnsignal zu geben. Noel.« Sein Kopf wandert zu mir. »Du hältst die darauffolgende Nachtwache mit Sam.«

Langsam drehe ich mich nach rechts. Sam hat die Hände in die Taschen ihrer Hose gesteckt. Die blonden Haare fallen ihr etwas zerzaust bis über die Brüste. Sie sieht nur einmal flüchtig zu mir rüber, aber als sich unsere Blicke treffen, ist es kurz so, als hätte ich mich erschreckt.

Ich weiß kaum etwas über Sam.

»Moa«, sagt Jon. »Du hältst Wache mit Callan. Melvin und Liv übernehmen die Nacht darauf.«

Für einen Moment ist nur das Knistern der Flammen zu hören. Ihr Schein wirft unruhige Schatten auf die ernsten Gesichter. Mein Blick wandert weiter durch den Raum.

Estelle. Sie beugt den Kopf ein wenig nach unten, taucht unter ihre roten Haare. Das gefällt mir nicht. Mir gefällt es nicht, wie sie dasteht. Und aus irgendeinem Grund war mir klar, dass sie übrig bleiben würde, dass Jon sich dazu entschlossen hat, sie unter der Erde zu lassen.

Seit der Nacht, in der Lucas im Wald verschwunden ist, wirkt sie noch abwesender als vorher. Sie lächelt zu oft, wenn sie sich dazu aufgefordert fühlt, und dieses Lächeln finde ich noch schlimmer als die Traurigkeit in ihrem Gesicht.

»Wir müssen zusammenhalten«, sagt Jon ein letztes Mal. »Der Brennende König schickt diese Leute nicht umsonst in die Wälder. Unsere ganze Existenz könnte auf dem Spiel stehen, behaltet das immer im Kopf.«

»Du weißt schon, was das bedeutet, wenn du mit Sam zur Wache auf dem Friedhof eingeteilt wirst«, sagt Melvin. Er liegt schon auf seinem Lager, ich habe mir noch letzte Notizen gemacht. Nun lege ich die Feder aus der Hand.

»Wieso? Was denn?« Ich sehe ihm an, dass er sich sein Grinsen kaum noch verkneifen kann.

Ab und an erschrecke ich, wenn ich nach links schaue und dort Melvins blonder Haarschopf auf den Fellen liegt und nicht mehr der braune Lockenkopf von Lucas. Ich vermisse die Gespräche mit ihm, das friedliche Schweigen. Manchmal vermisse ich sogar seinen verbissenen Kampfgeist, der mir eigentlich immer Sorgen gemacht hat.

Die Öllampe wirft Schatten auf Melvins Gesicht. Ich bin froh, dass er vorher eine Einzelzelle hatte und nun mir zugeteilt wurde. Es tut mir gut, mit ihm zu reden.

»Na, die beste Kämpferin wird immer dem Schwächsten zugeteilt«, sagt Melvin schließlich.

Ich schnaube amüsiert und schüttle den Kopf. Dann schaue ich ihn herausfordernd an. »Wollen wir Armdrücken machen?«

Melvin hebt die Hände zur Abwehr, er lacht einmal auf. »Schon gut, Großer. Ich bin ja froh, dass sie dich endlich mal in den Zirkel geholt haben.«

Ich packe das Schreibzeug unten ans Fußende des Bettes. Ja, das bin ich auch.

»Aber ihr werdet euch trotzdem die ganze Nacht anschweigen«, sagt Melvin belustigt. »Sam ist stumm wie ein Fisch.« Er dreht sich auf den Rücken, übertrieben verträumt starrt er an die Decke. »Ich denke, Liv und ich werden uns ganz gut unterhalten … und wenn ihr kalt wird, dann werde ich mich notfalls opfern und sie wärmen.«

»Ich hab's verstanden, du Trottel.« Ich streife die Schuhe von meinen Füßen, um mich nun ebenfalls schlafen zu legen.

»Von mir aus können die Königswachen dann ruhig etwas länger die Wälder durchstreifen«, redet Melvin ungerührt weiter. Aber sein Lachen ist nicht mehr ganz so ansteckend. Plötzlich sind wir still.

Ich muss an die Königswachen denken, die ich schon gesehen habe. Männer in schwerem Metall, die bei den Hinrichtungen dortstanden und deren Gesichter hinter Helmen verborgen waren. Ich habe sie nie ein Wort reden hören, nur töten sehen.

»Gute Nacht dann.« Ich höre, wie Melvin sich zur Seite dreht.

»Gute Nacht«, sage ich und lösche die Öllampe, aber ich starre immer noch an die Decke.

Zu viel geht mir noch durch den Kopf.

Ich rieche an meinem Trinkschlauch, bevor ich einen Schluck Wasser daraus nehme.

Er hat dir Schlaftropfen in den Trinkschlauch gemischt, hallt Jons Stimme in meinem Kopf nach.

Natürlich habe ich bemerkt, dass mit Lucas etwas nicht stimmte. Wie er im Gemeinschaftsraum mit den beiden Schwertern in den Händen trainiert hat und dann in der Zelle immer noch vom Kämpfen sprach, wie die Ränder unter seinen Augen dunkler wurden, der Ausdruck in seinem Gesicht verbissener, der Blick abwesender. Ich habe ihm gesagt, dass ich sein Verhalten nicht gut finde, ich habe ihm gesagt, dass er anders geworden ist.

Aber meine Worte sind einfach nicht zu ihm durchgedrungen. Was ist hier unten mit ihm passiert?

Vielleicht wäre es leichter für mich, wenn ich wütend sein könnte. Dann könnte ich mir wünschen, ihn zu schütteln oder anzuschreien, ja, ihm eine Faust ins Gesicht zu schlagen.

Aber Lucas ist nicht da. Und ich kann nicht wütend sein. Ich will es *verstehen.* Ich will wissen, warum er nichts gesagt hat, warum er mir nicht vertraute. Er hätte doch mit mir reden können. Wenn nicht mit mir, mit wem sonst?

Er hat dir Schlaftropfen in den Trinkschlauch gemischt, hat Jon gesagt, *nur so konnten wir sichergehen, dass du nichts vom Zirkel erfährst.*

Deshalb habe ich die Schritte irgendwann nicht mehr gehört.

Er hat bei alldem mitgemacht, er wusste von Jon, er wusste, was in Lavis wirklich vor sich geht, von allem. Und er hat mir nie etwas gesagt.

Er hätte sich wenigstens verabschieden können. Wenigstens ein paar kurze Sätze sagen.

Ich höre Melvins leichtes Schnarchen. Immer wieder bin ich verwundert, wie schnell er einschlafen kann. Ich ziehe die Felle weiter nach oben, drehe mich schließlich zur Seite.

Ich mache einfach die Augen zu und warte auf den Schlaf. Irgendwann wird er mich bestimmt einholen. Ganz bestimmt. Verdammt, Lucas und ich waren Freunde.

3

Favilla. Große Halle.

Ich sammle die Pfeile, die danebengegangen sind, vom Boden auf. Sieben. Danach ziehe ich diejenigen aus der Strohpuppe, die getroffen haben. Dreizehn.

Um mich herum tönt von allen Seiten das Klackern von Pfeilen, die aufgesammelt werden. Irgendwer brüllt stolz seine Trefferzahl in den Raum. Es klang nach Moa. Siebzehn – wirklich nicht schlecht.

Ich lasse meinen Blick durch die Halle wandern. An den Phönixstatuen bleibe ich hängen. Jetzt, wo ich weiß, dass das Leben in Lavis früher ganz anders gewesen ist, versuche ich, mir immer wieder vorzustellen, wie die Menschen in der alten Kultur gelebt und wofür sie diese Räume wohl genutzt haben.

Ich sehe zu der riesigen Flamme im Marmorboden. Dann wieder hoch zu den ausgebreiteten Flügeln der Statuen. Die Phönixe wirken, als hätten sie dort früher lebendig gestanden, mächtige Wächter, die den Saal überblicken, bereit, sich jederzeit mit kräftigen Flügelschlägen in die Luft zu erheben. Jedes Mal wieder verursacht ihr Anblick so etwas wie Ehrfurcht in mir.

Ob die Menschen hier die Phönixe verehrt haben? Ob sie wie beim Gedankenunterricht in der Hocke saßen und Rituale durchführten, während hinter ihnen das Feuer in den Eisenkörben brannte und über ihre geschlossenen Lider flackerte?

Ich gehe mit dem vollen Köcher wieder zurück auf meinen Platz. Lennart ist der einzige Schüler, der immer noch seine Pfeile einsammelt, sie liegen weit verstreut auf dem Boden. Seine Bewegungen sind hektisch, er weiß genau, dass wir alle darauf warten, dass er fertig wird und Finnley das Schießen wieder freigibt.

Lennart ist erst seit einigen Wochen in Favilla. Er bemüht sich in jedem einzelnen Fach, aber ich habe das Gefühl, seine Leistungen haben sich noch kein Stück verbessert.

Zurück an seinem Platz, versucht er unbeholfen, nach hinten zu seinem Köcher zu greifen, der ihm etwas zu locker auf dem Rücken sitzt. Der Langbogen passt nicht zu dem dünnen Kerl, es ist so, als hätte man einem Kutscher eine Spitzhacke der Grubenmänner in die Hand gedrückt. Seine Strohpuppe steht unversehrt am Hallenende.

Das Einzige, was sich seit Lennarts Ankunft verändert hat, ist Finnleys Geduld mit ihm. Bei jedem Fehlschuss von Lennart zieht er die Luft lauter durch seine Zähne.

»Weiter g-geht's!«, brüllt Finnley, und schlagartig setzt aus allen Richtungen das Zischen von Pfeilen ein.

Finnley läuft hinter Lennart vorbei, der heftig zusammenzuckt. Auch wenn er darauf mittlerweile gefasst sein müsste, erschreckt er sich immer wieder. Kurz darauf schießt einer von Finnleys Pfeilen knapp an Lennarts Kopf vorbei und landet in einer geraden Schusslinie in der Puppe.

Lennart versteift sich schlagartig und zeigt ein paar Augenblicke keine Regung. Dann zieht er die Schultern ängstlich hoch, um vorsichtig einen nächsten Pfeil aus dem Köcher zu zittern.

Finnley muss doch verstehen, dass er die Sache so nicht besser macht. Lennart bekommt vor Aufregung nicht mal die Nock in die Sehne gehakt.

Das reicht jetzt.

Ich stapfe an den anderen Schülern vorbei und bleibe neben Lennart stehen. »Dein rechter Ellenbogen und dein linker Arm müssen eine Linie ergeben«, sage ich.

»Mhh?« Lennart dreht sich mit dem gespannten Bogen zu mir um, die Pfeilspitze zielt genau auf meine Brust.

Ich reiße warnend die Hände hoch. »Lennart, die Waffe!«

»Oh, entschuldige.« Er lässt den Bogen sinken, ich hole wieder Luft. Hoffentlich werde ich meine Hilfsbereitschaft nicht bereuen.

»Noel«, sage ich. »Minenarbeiter.«

»Ich weiß«, sagt Lennart und lächelt kurz.

Von Nahem sehen seine Nase und seine Ohren irgendwie zu groß aus für sein schmales Gesicht. Seine Kopfform kommt mir seltsam vor. Das könnte aber auch genauso gut an der hohen Stirn und den strähnigen braunen Haaren liegen.

»Du musst auf deine Haltung achten, damit du das Zuggewicht des Bogens und die Pfeillänge voll ausnutzen kannst. Warte, ich zeig es dir.«

Ich erkläre ihm an meinem Bogen einmal die vollständige Abfolge eines Schusses. Er sieht mir genau dabei zu und sagt viel zu oft »Mhm« oder »Aha«.

»Und vergiss nicht, zu atmen.«

»Atmen. Ja«, wiederholt er.

Er gibt sich wirklich Mühe, meine Bewegungen nachzumachen, auch wenn er dabei immer noch ungeschickt aussieht. Vielleicht schafft er es diesmal wenigstens, die Puppe zu treffen.

»So?« Er stellt sich schussbereit hin und schielt dann zu mir rüber. Seine Augen werden plötzlich groß, und er fixiert einen Punkt neben meinem Kopf.

Ich sehe über die Schulter, Lennart hat Finnley im Blick, der uns mit strenger Miene beobachtet.

»Vergiss ihn einfach«, sage ich zu Lennart. »Oder stell dir vor, die Puppe hat sein Gesicht.«

Lennarts Lachen klingt eher wie ein Wimmern.

»Viel Erfolg«, sage ich und wende mich zum Gehen.

»Danke, Noel. Danke.« Ich bemerke, wie beim Sprechen seine Finger schon wieder von der richtigen Haltung abrutschen.

»Kein Problem.« Ich deute nochmals auf seine linke Hand. »Drei Finger auf die Sehne.«

Ich höre Finnleys tiefes Seufzen. Lennart sieht versteinert nach vorn. Er schießt.

Noch hat seine Sehne nicht genug Spannung, aber immerhin landet der Pfeil diesmal zumindest in der Nähe der Puppe.

Im Essenssaal sieht Lennart hin und wieder zu mir, einmal winkt er flüchtig.

Ich häufe mir den Teller mit Höhlenkäfern voll. Sie riechen heute etwas verbrannt, vermutlich hat Benjamin einen schlechten Tag. Trotzdem könnte ich eine doppelte Portion vertragen, aber mehr passt nicht auf meinen Teller.

Melvin stößt mir seinen Ellenbogen in die Seite. »Ist dir schon aufgefallen, dass Lennart ganze zweimal in dich hineinpassen würde?«

Lennart ist schon am Versorgungstisch vorbei und steht nun mit dem Teller verloren im Raum. Er sucht die Bänke ab, aber sobald sich seine Blicke mit denen der anderen Schüler kreuzen, drehen sie die Köpfe wie zufällig weg.

»Wir sollten ihn fragen, ob er sich zu uns setzen will«, sage ich.

»Klar, wieso nicht.« Melvin zuckt mit den Schultern und grinst. »Estelle freut sich immer besonders über neue Gesellschaft.«

Ich verdrehe die Augen. »Es gibt ja keine Tischordnung oder so.«

Melvin schlendert zu den anderen zurück. Ich laufe einen Bogen und komme neben Lennart zum Stehen, der immer noch die Reihen mit den Augen nach einem Platz absucht.

Ich nicke zum Tisch, wo Phil, Estelle und Melvin essen. »Möchtest du dich zu uns setzen?«

Lennart sieht mich an. Er erinnert mich dabei an ein Insekt, mit seinem langen dünnen Hals und den runden, dunklen Augen, die in dem weißen Gesicht so auffallen.

»Okay.« Er trägt den Teller mit beiden Händen fest umklammert vor der Brust und läuft mir nun hinterher.

Er setzt sich neben mich auf den alten Platz von Lucas.

»Lennart, richtig?« Melvin nickt ihm einmal zu, und irgendwie erscheint mir diese Situation absurd, weil ich weiß, dass es Melvin und Callan waren, die ihn von seiner Türschwelle im Köhlerdorf abgeholt haben.

Ich kann mich nicht an einen Schüler erinnern, der aus einem Köhlerdorf stammt.

»Ja.« Lennart nickt, er beißt ein kleines Stück vom Höhlenkäfer ab und kaut hastig darauf herum. »Du warst sicher ein Jäger, oder?«, sagt er.

Melvin guckt überrascht und hört mit dem Kauen auf. »Woher weißt du das?«, fragt er mit vollem Mund.

»Du setzt dich gerne so hin, dass du den Raum überblicken kannst, und du schießt die Pfeile manchmal ohne festen Stand, so, als ob du eigentlich laufen würdest.«

Melvin schluckt das Essen runter und legt eine halbe Wurzel zurück auf den Teller. »Ist das dein Ernst?«, fragt er. »Du bist erst zwei Wochen hier, du kannst nicht mal einen Bogen halten, aber du kannst erkennen, dass ich Jäger war?«

»Ja, ist doch logisch«, sagt Lennart.

»Welcher Berufsgruppe hast du angehört?«, frage ich, obwohl ich das natürlich schon weiß.

»Köhler«, sagt er.

»Und was hat man da so gemacht?«, frage ich weiter.

»Das ist geheim.« Lennart grinst kurz. »Das war schon immer so. Köhler reden nicht über ihr Handwerk.«

Sie brennen. Die Fragen, sie brennen in mir. Es kostet mich große Überwindung, Lennart jetzt nicht auszuhorchen. Auch wenn es sich nur um eine Kleinigkeit handelt: Jede Information über Lavis schafft ein genaueres Gesamtbild.

Noch vor Monaten hätte ich so etwas hingenommen, ohne auch nur den winzigsten Gedanken daran zu verschwenden. Die Schicht fing an und hörte erst wieder auf, wenn auch der Tag vorbei war. Ich stieg durch brunnenartige Schächte, mein Gezähe um die Bauchmitte gegurtet, ich schlug in den Stollen nach Eisenerz, und mehr gab es nicht.

Nichts habe ich infrage gestellt. Nicht die langen Arbeitszeiten, nicht die Dunkelheit in den Höhlen, die Anstrengung, die ich aufbringen musste, nichts. Das war eben so.

Das gehörte genauso dazu wie die ständige Gefahr eines Höhleneinsturzes, die Schwindsucht oder Staublungen. Mir kommt es plötzlich vor, als hätte dieses Leben in den Stollen niemals wirklich stattgefunden. Als wäre das ein anderer gewesen, der unter Tage nach Eisen schlug. Nicht ich.

Kein Ereignis konnte mich damals aus meiner Arbeit reißen.

Nicht einmal der schimmernde Stein.

Ich weiß es noch, das Geräusch klang seltsam, irgendwie weicher als gewöhnlich, wenn die Spitzhacke auf Stein traf.

»Earl«, rief ich. »Earl, komm mal her! Und bring eine Fackel mit.«

Earls verdreckt-verschwitztes Gesicht tauchte vor mir auf.

»Sieh dir das an«, ich zeigte mit der Hacke auf das kleine schimmernde Ding dort vor mir im Gestein.

Earl hatte beide Finger in die Riemen seiner Arbeiterhose eingehakt, mit dem Kopf kam er ein Stück näher und machte große Augen. »Was zum …« Er streifte seinen Handschuh ab, um besser mit den Fingern darüberstreichen zu können. »Was in aller Welt ist das? Wir müssen es ausgraben.« Er klopfte mir einmal kräftig auf die Schulter. »Junge, wer weiß, was du da gefunden hast.«

Es dauerte nicht lange, bis wir den schimmernden Stein freigelegt hatten. Er war nicht größer als eine Faust, seine Kanten auffällig glatt. Er war fast durchsichtig, und in der Mitte schimmerte ein blauer Kern wie Feuer. Er wirkte fehl am Platz in der kalten Grube, schien in dieser tristen Ödnis alles zu überstrahlen.

»Was jetzt?«, fragte Earl und rieb sich den Bart.

Ich steckte den Stein in die Tasche meiner Hose. »Erst mal bringen wir die Schicht zu Ende«, sagte ich und nahm die Spitzhacke wieder in die Hand.

Damals habe ich mir nicht den Kopf wegen so etwas zerbrochen. Schließlich gab es genug anderes, das mich vorantrieb: die Zeit, die Arbeit, die Pflicht – das Pensum.

Doch am Ende der Schicht hatten sich draußen bestimmt zehn Grubenmänner und Grubenfrauen um mich versammelt, um den Fund zu betrachten. Sie redeten durcheinander, bis plötzlich schwere Schritte auf uns zudonnerten. Alle verstummten und machten mit gesenkten Köpfen Platz. Der Schichtaufseher baute sich vor mir auf.

»Wo?«, fragte er.

»Unten im neuen Stollen«, sagte ich.

Er nahm mir den Stein wortlos aus der Hand, und so etwas wie Erschrockenheit lag auf seinem Gesicht. Ein Ausdruck, den man von den Schichtaufsehern sonst nicht kannte.

Er drehte den Stein in der Abendsonne, die ihn von allen Seiten funkeln ließ. Erst jetzt kehrte die bekannte Strenge in sein Gesicht zurück. »Sollte ich rausfinden, dass jemand irgendwann mal einen solchen Fund einsteckt, streiche ich die Ration für das ganze Dorf.« Er ließ den Stein in seiner Brusttasche verschwinden und spuckte Staub zur Seite aus. »Ich hoffe, ihr merkt euch das.«

Dieser kurze erschrockene Ausdruck blitzte in dieser Nacht noch mehrmals vor meinen Augen auf. Doch schon am nächsten Tag war das Bild verblasst.

Ich schlug nach Eisenerz, wie immer, und die Sache war abgehakt.

Damals war es so. Heute könnte ich das nicht mehr einfach hinnehmen.

Ich schaufle den letzten Höhlenkäfer in mich hinein, dann schaue ich umher.

Sam sitzt neben Nora, auf der anderen Seite des Saals. Ihr Kopf ist halb hinter der Öllampe auf ihrem Tisch verborgen, die kleine Flamme wirft spielerische Schatten auf ihr Gesicht. Sie sitzt schon seit einigen Wochen nicht mehr neben Estelle am Tisch. Auch sonst habe ich die beiden nicht mehr zusammen gesehen.

Sam. Das Mädchen, das Lucas im Kampf geschlagen hat.

Ich weiß noch nicht, was ich davon halten soll, dass wir heute Abend zusammen auf den Friedhof müssen.

4

Lavis. Friedhof.

Graue Augen starren uns an. Vogelköpfe auf Menschenkörpern. Die Statuen tragen lange steinerne Gewänder, unter denen schwere Stiefel und Handschuhe herausragen. Das Gefieder legt sich schuppenartig um die Hälse.

Ich betrachte den Vogelmann, der mir direkt gegenübersteht. Sein Gesichtsausdruck liegt irgendwo an der Grenze zwischen Feind und Verbündeter.

Es sind vier von ihnen, aus deren Rücken Flügel herauswachsen, die sich ausbreiten, und so stehen sie nicht Schulter an Schulter, sondern viel eher Flügel an Flügel. Jeder hält eine Fackel vor der Brust.

Vom Wachtposten weiter oben haben wir immer das Flügeltor im Blick. Im Notfall werden wir in der Fackel derjenigen Statue ein Nebelfeuer entzünden, die in Richtung Favilla zeigt. So könnten die Wachen unten im Amphitheater es zwar sehen, doch ein Eindringling würde es vom Flügeltor aus nicht erkennen.

Hinter den vier Vogelmännern geht es eine kleine Anhöhe rauf, wo dann unser Posten ist. Auf dem kleinen Hügel wächst nur dürres Gras, mich wundert es, dass auf diesem Friedhof überhaupt etwas wächst.

Sam ist vor mir oben, sie hat ihren Schild und das Schwert schon neben sich gelegt, als ich die Streitaxt aus der Gürtelhalterung ziehe und mit dem Speer auf den Boden lege.

Bevor ich mich auf das Gras setze, sehe ich einmal über die neblige Weite. Das seltsame Weiß wabert nicht annähernd so hoch wie in der Nacht, in der ich die Botschaft vom Totengräber geholt habe. Ich kann die näher gelegenen Grabsteine wie schiefe Klötze aus der trägen Masse auftauchen sehen. Und dann verschwimmen Hunderte von Gräberreihen in der Finsternis, Stein an Stein, Tausende Tote unter der Erde.

Auf dem ganzen Friedhof liegt eine Unbeweglichkeit, und ich habe Angst, sie könnte jeden Moment aufbrechen. Wie die glatte Oberfläche eines stillen Sees, die man nur antippen muss, um das ganze Wasser in wellenartige Bewegung zu bringen.

Ich stelle mir vor, wie dann plötzlich die Toten aus ihren Gräbern krabbeln, die Statuen ihre gesenkten Köpfe aus den Kapuzen erheben und alles, was sich vielleicht noch in den Schatten versteckt, zum Vorschein kommt.

Ich dachte, wir würden uns an einen Baum lehnen oder an irgendetwas, das einem das Gefühl von Schutz bietet, aber hier oben ist nichts, mein Rücken ist frei.

Ich sehe zu Sam, sie hat den Hals ein wenig vorgereckt und ihre Beine im Schneidersitz verknotet.

Plötzlich ein Geräusch in der Finsternis. Ich erschrecke, es ist wie ein kurzer Ruck durchs Herz.

Sam greift sofort nach ihrem Schwert. Ich fasse nach dem Speer.

»Hast du das auch gehört?«, fragt sie.

»Ja.«

»Rücken an Rücken«, flüstert sie, und wir gehen in Stellung.

Gemurmel. Schritte.

Selbst durch das Lederwams spüre ich, wie angespannt ihr Körper ist. Ihr Atem dringt leise, aber in kurzen Abständen in die Nacht. Das Wühlen in meiner Brust wird schneller, drängender.

Wir drehen den Kopf nach rechts und links. Ich sehe angestrengt in die Ferne, wo die Lichter der Totenkutsche schimmern. Dann lasse ich die Waffe sinken und lege die Hand auf Sams Schulter.

»Es ist der Totengräber«, sage ich.

Sie atmet auf, und ich spüre, wie sich ihre Schultern wieder senken. Und auch in mir breitet sich eine gewisse Erleichterung aus, bei ihm weiß ich wenigstens, dass er hierhergehört.

Die bucklige Gestalt taucht aus dem Weiß auf und steigt die Anhöhe hinauf, dabei verwendet er die Schaufel als Stütze. Sie knirscht auf dem Boden. Langsam kommt er auf uns zu, dann hält er vor uns an.

Ich weiß, dass Jon ihn ins Vertrauen gezogen hat, aber das mulmige Gefühl in seiner Nähe verschwindet einfach nicht.

Er zieht einmal laut die Nase hoch und wischt sich mit dem Handrücken übers Gesicht. »Kalt geblieben, die Nächte«, sagt er. Wie schon bei unserer ersten Begegnung bin ich mir kurz nicht sicher, ob er nicht einfach mit sich selbst spricht. »Ihr seid also der nächste Wachtrupp, hä?«

»Sieht ganz so aus«, sage ich.

Der Totengräber kneift die Augen zusammen. Dann zeigt er mit einem seiner langen Finger auf mich. »Dich kenn ich doch, Minenarbeiterbursche.«

Er zieht noch mal die Nase hoch und kommt einen Schritt näher. Ich hatte fast vergessen, wie haarig sein Gesicht ist, selbst auf Nase und Wangen wächst ein leichter Flaum.

Er greift grob in meinen Oberarm. »Kratz mir hier bloß nicht ab, du.«

Seine spitzen Nägel drücken in mein Fleisch, und ich werde den Gedanken nicht los, dass diese Hände schon Hunderte Tote berührt haben.

Er nickt Sam zu. »Die wäre sicher das kleinere Problem.« Dann grinst er. »Aber dich müsste ich von Nelson hinterherschleifen lassen. Mein Rücken tut eh schon weh.«

»Keine Sorge, ich hab nicht vor, hier umzukommen«, sage ich.

»Das haben sie alle nicht.« Erst jetzt lässt der Totengräber meinen Arm los und hebt die heruntergefallene Schaufel vom Boden auf. »Und macht hier oben nicht so einen Lärm. Ihr wollt ja sicher nichts Falsches anlocken, hä?« Er blickt über den Friedhof.

Und selbst bei ihm, der Tag für Tag über diesen kahlen Boden humpelt, lese ich Anspannung im Gesicht.

»Na ja. Nelson wird sicher ungeduldig«, sagt er nun. »Und es gibt da außerdem so ein paar schlaffe Burschen, die mich auch schon sehnlichst erwarten.«

Ich nicke kurz und tippe mir mit zwei Fingern an die Stirn. Der Totengräber hebt eine Hand zum Abschied, zeigt uns einmal sein gewaltiges Gebiss und kehrt uns schließlich den Rücken zu.

»Nicht wahr, Nelson«, höre ich ihn dabei noch murmeln.

Wir warten eine ganze Weile, bis er außer Sichtweite ist. Keiner kennt diesen Friedhof besser als er. Und ich muss wieder an Jons Worte denken. *Reize ihn nicht*, hat er gesagt, *er hat zu viel Zeit mit den Toten verbracht.*

Wir setzen uns irgendwann wieder ins Gras auf dem Hügel, aber die Unruhe in meiner Brust verschwindet nicht.

Eine Weile starre ich einfach nur auf die Gräber. Je länger mein

Blick bei irgendeinem Fleck verweilt, desto mehr habe ich das Gefühl, dort bewegt sich etwas.

Sam ist ganz still, das Schweigen zwischen uns merkwürdig. Was ihr wohl durch den Kopf geht?

Ich wechsle die Sitzposition und komme mir viel zu laut und ungelenk dabei vor.

Ich spüre, wie mein Magen sich auf einmal meldet. Mist. Jetzt ist eigentlich die Zeit, in der ich den Hunger gerade so überwinden kann, weil ich dann einschlafe. Aber gleich kommt das Grummeln, das merke ich. Als es losgeht, ist es noch lauter, als ich befürchtet habe. Von Sam kommt keine Reaktion. Ich reibe mir den Bauch.

»Ich bin mir ja mittlerweile sicher, dass ich mit einem Loch im Magen geboren wurde«, rede ich einfach los. »Und alles, was ich esse, fällt durch und verschwindet. Nur deswegen hab ich immer Hunger.« Ich lache ein bisschen ungeschickt über meinen eigenen Scherz.

»Mhh«, sagt Sam nur.

Aber was soll sie auch groß erwidern, es gibt sicher Spannenderes, als sich über meinen Hunger zu unterhalten.

Ich lasse den Blick über den breiten Schotterweg schweifen. Über die hageren Bäume, die ihn wie eine löchrige Allee säumen.

»Ich erinnere mich kaum noch an die Nacht, in der sie mich hergebracht haben. Nur an die Angst«, sage ich dann. »Es war wie einer dieser schlimmen Träume, die man als Kind hatte.«

Ich sehe zu ihr. Sie starrt in die Ferne. Ein Streifen Mondlicht fällt auf ihre rechte Gesichtshälfte und verwandelt die Haut an dieser Stelle in Marmor. Ich erkenne winzige Leberflecke, die ein Dreieck auf ihrer Wange bilden.

»Wie war es bei dir?«, frage ich vorsichtig.

»Ich weiß es nicht.« Sie zerdrückt Erdkrümel zwischen ihren Fingern. »Ich denke nicht so gern daran zurück.« Sie schaut einmal flüchtig in mein Gesicht.

»Schon in Ordnung«, sage ich und beschließe, einfach zu erzählen. Das ist auf jeden Fall besser als diese unerträgliche Stille.

»Eigentlich war es ein ganz normaler Tag. Ich war im Bergwerk. Aber in den Stollen tat sich nicht viel. Earl, ein guter Freund von mir, hatte sich schon damit abgefunden, dass wir an diesem Tag nicht mehr viel Eisen schlagen würden. Aber ich habe immer weitergemacht, die Rationen für meine Familie durften nicht schon wieder so klein ausfallen. Dann war die Schicht vorbei. Es war gegen Ende des Sommers. Wir sind in den Bergsee gesprungen und haben den Schweiß und den Staub abgewaschen. Wir sind getaucht, und ein Fisch hat mich am Bein gekitzelt. Und da kam mir der Gedanke, einen zu fangen. Wir sind wirklich nach Fischen getaucht. Earl und ich.« Ich muss schmunzeln. »Wir haben schnell gemerkt, dass es total unmöglich ist, einen Fisch mit der bloßen Hand zu fangen, nur keiner wollte es aussprechen. Bestimmt sahen wir ziemlich bescheuert dabei aus.« Ich ahme die Bewegungen mit den Händen nach, um damit unsere ungeschickten Versuche nachzustellen, dann halte ich inne. »Kommst du nicht aus einem der Fischerdörfer?«

»Doch«, sagt Sam. »Komme ich.«

»Wie habt ihr sie gefangen?«

»Mit Netzen«, antwortet sie knapp.

Ich nicke. Wir schweigen einen Moment.

»Es war ein Tag wie jeder andere«, rede ich dann weiter, ich kann nicht mehr aufhören. »Wenn nicht sogar einer der schöneren. Und dann war das Symbol an der Tür.«

Bei der Erinnerung an die drei blutroten Striche im Holz fühle ich mich kurz wieder so wie damals: gelähmt, und als müsse gleich das Schlimmste passieren, das ich mir nur vorstellen kann.

»Ich wusste, dass die verhüllten Männer jede Nacht kommen konnten. Ich wusste, was es bedeutete, wenn die Zeichner durch das Dorf ritten. Der Gedanke war da: Jeden Tag konnten sie ihre Striche auch an unsere Tür malen. Aber genauso war eben der Gedanke da, dass im Bergwerk zu jeder Zeit etwas einstürzen könnte. Ich hatte nicht damit gerechnet.«

Sam dreht den Kopf zu mir. Ich habe das Gefühl, sie sieht mich zum ersten Mal richtig an.

Da erklingt plötzlich ein Scharren hinter uns, dicht gefolgt von einem schabenden Geräusch. Ich richte mich auf, sehe zu allen Seiten, aber in der Finsternis kann ich nur dieselben dunklen Umrisse erkennen wie zuvor.

»Ich denke nicht, dass der Totengräber schon zurück ist«, sage ich.

»Psst«, zischt Sam und legt den Zeigefinger an den Mund. »Ich kann es wieder hören«, flüstert sie.

Wir horchen. Keiner regt sich.

Die Geräusche kommen von weit entfernt. Es ist schwer auszumachen, aus welcher Richtung sie stammen, aber ich schätze, dass sie rechts von uns sind.

»Die Stadt der Helden«, sage ich leise.

»Die was?«

»Dort, wo die großen Mausoleen und Gräber der gefallenen Krieger liegen.« Ich zeige mit dem Finger in die Richtung. Jon hat mit mir die Karte des Friedhofs studiert, bevor ich die Nachricht des Totengräbers abholen musste. »Es scheint von da zu kommen.«

Wir lauschen weiter, und es fühlt sich an, als würde sich in meiner Kehle etwas verschließen.

Komm runter, sage ich mir. *Es kann alles Mögliche sein.*

Für eine Weile ist nichts zu hören. In stummer Absprache beschließen wir, uns wieder hinzusetzen. Das hier ist unser Posten. Es ist unsere Aufgabe, auf diesem Hügel Wache zu halten, das Tor im Blick zu haben. Geräusche auf einem Friedhof sind vermutlich nichts Ungewöhnliches.

Trotzdem platziere ich den Speer etwas dichter neben meiner Hüfte. Jetzt ist die Stimmung eine ganz andere. Genau wie ich lauscht Sam angestrengt in die Nacht.

Ich fürchte, es könnte jeden Augenblick etwas aus der Leere auftauchen und den Hang zu uns heraufkriechen. Etwas, das diese hartnäckige Unruhe in mir bestätigt.

Ob es nun jede Nacht so gehen wird? Lauschen, bis einen das nächste Geräusch aufschreckt?

Je länger wir warten, desto mehr spüre ich die Kälte, die vom Boden ausgeht und sich wie ein Trupp aus Grubenmännern immer weiter in meinen Körper gräbt.

Die Zeit scheint nicht zu vergehen, meine Gedanken kreisen.

Es kann alles Mögliche gewesen sein, sage ich mir.

Der Friedhof von Lavis ist groß. Größer als mein altes Eisendorf.

Aus der Ferne klingt Hufgetrappel. Es muss Nelson sein, jetzt höre ich auch das unverkennbare Knarren der Totenkutsche. Ich erkenne die Umrisse des schwarzen Leichenabteils. Aber es sind bestimmt dreihundert Schritte, die uns vom Totengräber trennen.

Ich versuche, die einzelnen Geräusche genauer zuzuordnen. Stelle mir vor, wie er die Leichen erst alle aus der Kutsche zerrt, dann nacheinander an den Beinen zu den Massengräbern schleift und dort zu den anderen toten Körpern vom Vortag schmeißt. Seit der Herrschaft des Brennenden Königs werden keine Grabsteine mehr aufgestellt, die Leichen werden alle zusammen in ein großes Loch geworfen.

Sam und ich haben während der restlichen Wache nicht mehr geredet, aber irgendwann war das in Ordnung, nicht mehr unbedingt unangenehm. Es war ein wachsames Schweigen.

Langsam reißen die Wolken auf. Fahles Licht ist durch die dunkle Front am Himmel zu erkennen. Selbst im Morgengrauen bleibt der Friedhof ein düsteres Labyrinth. Ein Ort, an dem es wohl nie richtig hell wird.

Auf den Grashalmen haben sich Wassertropfen gebildet, ohne dass wir es gemerkt haben. Und der Nebel zwischen den Grabfeldern ist dichter geworden.

Wir sehen einander an. Angespannt, aber auch irgendwie erleichtert. In der feuchten Luft kann ich die kleinen Härchen sehen, die sich auf ihrem Haar gekräuselt haben, und ihre leicht geröteten, müden Augen. Nur das Grün darin leuchtet unverändert. Draußen sieht es viel klarer aus, als es mir in den Katakomben je aufgefallen wäre.

Seufzend legt sie den Kopf in den Nacken, um nach oben zu sehen. Sie schließt die Augen, und ich tue dasselbe. Für einen Moment genieße ich noch das Gefühl des anbrechenden Tages und den Gedanken, der Sonne näher zu sein als sonst, zu wissen, dass sie sich dort hinter den Wolken verbirgt.

»Ich glaube, wir müssen los«, sage ich dann.

»Ja«, sagt sie, ihre Stimme ist ein wenig rau. Vielleicht klingt sie ja auch so, wenn sie morgens gerade in ihrer Zelle aufgewacht ist.

Ich stehe auf, meine Beine sind weich. Ich strecke ihr die Hand entgegen.

Sam sieht auf meine Handinnenfläche. Sie zögert, reibt die restlichen Erdkrümel von ihren Händen. Dann legt sie ihre helle, kleine Hand in meine. Ich ziehe sie in einem Ruck hoch. Sie bleibt vor mir stehen.

Plötzlich, zwischen all der Erde, dem verwitterten Stein und den Toten, schleicht mir ihr Duft in die Nase. Zurückhaltend und doch unverkennbar. Ein bisschen so wie der Honig der Wildbienen. Aber das auch nicht ganz.

»Vielleicht war es gerade gut«, sagt sie.

»Mh?«

»Vielleicht war es gerade gut, dass du nicht damit gerechnet hast, Abschied nehmen zu müssen.« Sie tritt einen Schritt nach hinten und streicht sich eine Strähne aus dem Gesicht. »Vielleicht wäre der Tag sonst nicht einer der schöneren gewesen.«

Ich fahre mir übers Kinn, bin verwundert. Aber wenn ich so darüber nachdenke, dann verstehe ich sehr gut, was sie meint.

Wir machen uns auf den Weg zurück, nehmen den breiten Schotterweg, der auf das Amphitheater zuführt.

Tau liegt auf den Grasflächen um die Gräber herum. Wenn ich über die Buchstaben streichen würde, die in die Marmorsteine eingemeißelt sind, wäre meine Handfläche nass.

Es wird endlich hell, nur ein letzter Sonnenstrahl fehlt, der durch eine Wolke bricht, oder ein Vogel, der irgendwo zwitschert. Dieser Ort bleibt grau und still.

Hinter uns liegen die Massengräber, rechts verschiedene Grabsteine und Statuen, hinter denen ich kein System erkenne, und links in der Ferne zeichnen sich die ersten Mausoleen und Säulen am Eingang zur *Stadt der Helden* ab.

Eine ganze Weile gehen wir voran. In Richtung des Amphitheaters liegen die Flügelgräber, die Steine sind so angeordnet, dass sie die Form von zwei ausgebreiteten Flügeln ergeben. Unwillkürlich sehe ich zu der Reihe mit dem großen Grabstein und dem Buchstabenblock.

Plötzlich bleibt Sam stehen. »Siehst du das?«, fragt sie.

Ich will ihr gerade sagen, dass ich diesen Grabstein schon einmal entdeckt habe, man die Zeichen aber nicht entschlüsseln kann, da steuert sie in eine andere Richtung. Es geht gar nicht um den Grabstein.

Ich folge ihr. Dann verstehe ich. Nicht nur das, ich kann es riechen. Die frische Erde.

Sam bleibt direkt vor dem dunklen ausgehobenen Viereck stehen.

Ich spähe vorsichtig in das Loch. Es geht etwa zwei Schritt nach unten, und der Blick in diese Tiefe ist wie ein Sog. Weiße Knochen ragen aus der schwarzen Erdmasse hervor.

Das Grab wurde aufgebuddelt.

5

Favilla. Zirkelraum.

»Sobald wir die Nachtwachen vom Friedhof zurückziehen können, werde ich auch dich von Zeit zu Zeit losschicken, um die Nachrichten der Informanten einzusammeln.«

Jon steht etwa zwei Schritt vor mir. Er trägt die schwarze Rüstung unter der Robe. Ich lehne mit den Händen hinter meinem Rücken am Brunnenschacht und presse mich gegen die kalten Felssteine.

»Wir wollen die Menschen von Lavis aus ihrer Unmündigkeit befreien. Das Spionagenetz ist ein Schritt auf diesem Weg«, sagt er. »Jedes Land besitzt einen sogenannten *Wissensverwalter*. Er steht in Kontakt mit den einzelnen Spionagezellen eines jeweiligen Landes und fasst die Informationen für uns zusammen.«

Es ist immer noch ungewohnt, mit ihm allein im Zirkelraum zu sein und von ihm ins Vertrauen gezogen zu werden. Ich weiß nicht, warum Jon diese Einzelsitzungen mit mir macht, ich habe den anderen nicht davon erzählt, aber sie werden es zwangsläufig mitbekommen. Noch stellen sie keine Fragen.

Vielleicht läuft das auch bei allen Neuankömmlingen so. Aber ich werde das Gefühl nicht los, dass ich schon jetzt anders behandelt werde als die Zirkler, die einer Prüfung unterzogen wurden.

Vertraut Jon mir wirklich so sehr? »Du wirst dann zu den einzelnen Treffpunkten im Wald gehen, an denen dir die Wissensverwalter die Schriftrollen überreichen.«

Ich schaue hinüber zum Pult, wo die Karte von Tyrganon noch ausgebreitet liegt. Ich stelle mir ein zweites Netz darauf vor, ein Netz, das nichts mit den Grenzen der Länder zu tun hat, sondern das die einzelnen Informanten mit den Wissensverwaltern verbindet. Und diese Wissensverwalter sind alle mit einem Punkt auf der Karte verbunden: Favilla, dem Ort, an dem das Wissen zusammenläuft.

»Handel, den der König betreibt, die Politik fremder Länder, die Bräuche, potenzielle Verbündete oder uralte Feinde. Alles sind letztendlich Informationen, die uns gegebenenfalls zu einem Wissensvorsprung verhelfen können«, sagt Jon. »Und ein solcher Vorsprung kann im Ernstfall ein entscheidender Vorteil gegenüber dem Brennenden König sein.«

»Eine Sache verstehe ich nicht.« Ich drücke mich mit den Händen vom Brunnen weg, sehe ihm genau ins Gesicht. »Wir sammeln all dieses Wissen. Schon seit vielen Jahren. Aber wenn wir gegen den Brennenden König vorgehen wollen, ihn stürzen, wieso …«, ich hole einmal tief Luft, »wieso greifen wir ihn dann nicht an?«

Jon sieht mich unverändert ruhig an. Für einen Augenblick ist nur das Wispern der Fackeln zu hören.

»Hast du schon mal etwas von den Vermauerten Minen gehört, Noel?«

»Ja«, antworte ich. »Sie sind nicht weit von meinem alten Eisendorf entfernt.«

»Und weißt du auch, was es mit diesen Minen auf sich hat?«

»Nein, nicht so richtig.«

»Ich will es dir sagen. Du sollst nachvollziehen können, warum wir nicht offen gegen den Brennenden König vorgehen.« Er verschränkt die Arme vor der Brust. »Seit der Nacht des Chronisten vor etwa 300 Jahren, in der unser rechtmäßiger König gestürzt wurde, diente ein stillgelegtes Minensystem als Stützpunkt von Favilla.« Er macht eine Pause. »Favilla bekämpfte den jeweiligen König und ging dabei mehr oder weniger offen vor. Immer wieder kam es zu Scharmützeln, wir rekrutierten neue Rebellentrupps und riefen zum Widerstand gegen den Tyrannen auf. Vor gut fünfzig Jahren wagte mein Vater den größten Aufstand seit der Nacht des Chronisten. Es gab blutige Kämpfe. Zahllose Männer und Frauen, die in der Schlacht das Leben ließen. Wir waren viele, wir waren gut ausgerüstet, wir hatten das Recht auf unserer Seite. Dennoch sind wir gescheitert. Und weißt du, warum?« Kurz unterbricht Jon den Augenkontakt, er löst die verschränkten Arme. »Es gibt zwei Gründe dafür«, sagt er. »Zum einen fehlte es an einem Anstifter, einem Mitreißer, jemandem, hinter den sich das Volk stellen konnte.« Er deutet auf sich selbst. »Ich bin ein hervorragender Stratege. Ich verstehe viel von Politik, von Kriegsführung, ich habe ein Gefühl für die richtigen Zeitpunkte, aber ich bin keiner, dem die Massen folgen. Und mein Vater war es auch nicht.«

Ich nicke. Ich glaube, ich verstehe, was er damit meint.

»Und der zweite Grund ist schlimmer, hat Favilla sehr viel tiefer getroffen. Er ist abscheulicher … Das Versteck in den Minen war grandios. Es war noch sicherer als diese Katakomben. Selbst wenn jemand danach gesucht hätte, er hätte wenige Schritte vor dem Eingang stehen können, ohne ihn zu entdecken. Ich sagte dir einmal, dass es nichts Wichtigeres für mich gibt als Vertrauen.«

»Richtig«, sage ich.

»Das ist der Grund, weshalb.« Er stockt für einen Augenblick. Dann schluckt er. »Es gab einen Verräter, jemanden aus den eigenen Reihen, der das Vertrauen meines Vaters missbraucht hat. Favilla stand kurz davor, für immer unterzugehen, weil mein Vater seine Geheimnisse den falschen Leuten anvertraut hatte. Dieser Fehler hat zahllose Menschen das Leben gekostet. Es ist ein Fehler, den ich nicht erneut zuzulassen gedenke. *Deswegen* nehme ich so wenige Schüler in den Zirkel auf. *Deswegen* müssen auch sie sich erst nach und nach um ihre Aufgaben verdient machen. Und selbst dann kontrolliere ich sie dabei nicht selten, ohne dass sie es überhaupt ahnen. Ich tue es, Noel, weil unsere größte Gefahr in uns selbst schlummert. Verstehst du das?«

»Ja«, sage ich sofort, aber dann schließe ich den Mund, und Jon lächelt verhalten. Er weiß genau wie ich, dass seine Worte erst wirken müssen. Wir schweigen.

Und erst nach einer ganzen Zeit öffne ich den Mund wieder. »Ja«, sage ich, und diesmal meine ich es auch so.

»Gut.« Er zögert.

»Jon?«

»Es gab da tatsächlich noch eine dritte Sache, die Favilla vor fünfzig Jahren beinahe in die Knie gezwungen hat«, sagt er leise.

Ich kann spüren, wie etwas in ihm vor sich geht. Ist es … *Furcht*? Ausgerechnet bei ihm diese Regung zu erkennen verunsichert mich.

»Schreie. Und Schatten.« Seine Worte sind nun kaum mehr als ein Flüstern. »Mein Vater hat mir davon erzählt. Irgendetwas war in diesen Minen, als der Brennende König uns angegriffen hat. Irgendetwas, das sie zum Einsturz gebracht hat.«

Erst nach einer Weile wage ich es wieder, zu sprechen. »Hast du Hinweise?«, frage ich vorsichtig.

Er schüttelt den Kopf.

»Irgendeine Ahnung?«

»Keine, die es zu teilen lohnt.«

Ich reibe mir die Augen. Mir kommt es vor, als schwappten die Fragen in meinem Kopf nur so übereinander.

»Was ist heute mit dem Brennenden König, sucht er nicht nach uns?«

»Er geht davon aus, dass keiner von uns den Aufstand überlebt hat. Um ganz sicherzugehen, hat er die Minen nach dem Einsturz zumauern lassen. Aber er wusste nichts von den Geheimgängen, die in ein anderes Minensystem führten. Die wenigen von uns, die nicht verschüttet wurden, konnten so unbemerkt überleben.«

»Deshalb all die besonderen Maßnahmen«, murmle ich. »Der Friedhof, die Katakomben, das Türschwellensystem, die dritte Ebene, der Zirkel.« Ich rede mehr zu mir selbst als mit Jon. Jetzt, wo sich alles zusammenfügt, beginnt mein Herz, wie wild zu pochen.

Jon nickt. »Unsere Strategie hat sich geändert. Wir müssen im Verborgenen bleiben. Wir können derzeit nicht mehr tun, als das Wissen zu erhalten und zu sammeln. Uns fehlen die nötigen Kräfte für einen offenen Kampf.«

Ich nicke schon wieder. All das ergibt Sinn, Favilla ergibt Sinn. Nur an einem Punkt im System bleibe ich ständig hängen.

»Jon, da ist noch eine Sache«, sage ich. Es ist eine Frage, die mich schon seit Längerem beschäftigt. »Die Nichtzirkelschüler, die du austauschst und die in die anderen Länder geschickt werden, wie kannst du sichergehen, dass sie dich nicht verraten?«

Etwas zuckt in seinem Gesicht. Eine Antwort kann ich wohl vergessen.

»Wir haben viel geredet, Noel, es muss für heute reichen. Wenn du noch immer nicht genug hast, suche die Bibliothek auf. Lies und sauge alles auf, um deinen Durst zu stillen. Ich gebe Theodor Bescheid, er wird dir Zutritt gewähren.«

Jon macht eine ausschweifende Bewegung zur Tür. Noch fühlen sich meine Füße an wie mit dem kühlen Boden verwachsen, aber ich schaffe es irgendwie, den Ausgang anzupeilen.

»Und, Noel.«

Ich bleibe stehen.

»Vergiss die Zeit in den Zeilen nicht.«

Ich drehe mich nochmals zu ihm um. Er steht unverändert am selben Fleck. Und er sieht mich an, als hätte er nie weggeschaut.

»Ich brauche dich für die Nachtwache. Du musst bei vollen Kräften sein. Das aufgebrochene Grab, es beunruhigt mich.« Er tritt einen Schritt vor. »Und du bist dir wirklich sicher, dass du außer dem Totengräber niemanden durch das Flügeltor kommen gesehen hast?«

»Ich bin ganz sicher«, antworte ich. »Warum fragst du?«

»Die Wachen schlagen ein Lager auf, sie streifen durch den Wald, plötzlich ist ein Grab aufgebrochen. Es muss nicht unbedingt miteinander zusammenhängen, aber es könnte.«

»Wenn, dann sind sie nicht durchs Flügeltor gekommen. Darauf hast du mein Wort«, sage ich, und trotzdem macht mich seine Warnung unruhig. Da ist sofort wieder das Bild vor meinen Augen: das dunkle, tiefe Viereck, wie eine Wunde inmitten der Gräberreihen.

Wie mit Jon abgesprochen, holt mich der Dürre in Ebene Zwei vor dem Grab des dritten Phönixwächters ab. Er hat nur eine Öllampe bei sich.

»Mitkommen«, sagt er.

Ein bisschen fühle ich mich zurückkatapultiert in meine erste Nacht in Favilla, als er vor der Zelle stand, um Lucas und mich abzuholen. Das alles kommt mir vor, als würde es viele Jahresumläufe zurückliegen.

Trotz der spärlichen Lichtquelle geht der Dürre zügig voran. Wahrscheinlich würde er auch bei völliger Dunkelheit nicht langsamer werden. Kein einziges Mal dreht er sich nach hinten, um zu prüfen, ob ich ihm noch folge. Ich zähle die Abzweigungen. Schließlich muss ich später zurückfinden.

Die Totenköpfe werden in diese Richtung weniger. Nur noch vereinzelte Senkgräber liegen in den Wänden, und die meisten sind schmaler als diejenigen, in denen Lucas und ich uns damals versteckt hatten.

Immer wieder zieht es mich runter, wenn ich an ihn denke. Wo ist Lucas jetzt? Endlos weit entfernt in einem der neun Königreiche, in einem neuen, anderen Leben? Oder ist er noch in der Nähe, gefangen in den Verliesen des Brennenden Königs? Oder schlimmer, verhungert im Wald von Lavis oder getötet von Königswachen?

Lucas, der Kräutersammler, der Junge, der mit mir nach Favilla gekommen ist. Durch ihn war diese erste Zeit erträglich.

Wir hätten jetzt zusammen hier langgehen können.

Immer wieder muss ich den Kopf einziehen, weil die Decke auf einmal niedriger wird. Der Boden ist durchzogen von Senken, die ich in dem wenigen Licht nie rechtzeitig sehe, sodass ich immer wieder stocke. Ein bisschen erinnert es mich an die Stollen, wenn man sich erst noch einen Weg freischlagen musste. Es geht etwa vierhundert Schritt den Gang entlang, bis der Dürre vor einer schmalen, hölzernen Tür mit Eisenbeschlägen anhält.

Die Flamme der Öllampe erhellt nur sein langes Gesicht. Es

sieht fast aus, als würde sein Kopf losgelöst im Dunkel schweben. Er holt einen rostigen Schlüssel aus der Hose. Nachdem er das Schloss entriegelt hat, schubst er die Tür mit der flachen Hand auf.

Ich hätte erwartet, dass sie ein Quietschen von sich gibt, aber sie schwebt lautlos auf. Dahinter ist einfach nur Schwärze.

Der Dürre nimmt eine Blendlaterne, die in einer Halterung neben der Tür steckt, und entzündet sie mit der Öllampe. Er überreicht sie mir, dann wendet er sich ab und verschwindet stumm zurück in Richtung Gemeinschaftsraum. Seine Schritte verklingen in den Gängen.

Beim Eintreten ziehe ich den Kopf ein, diese Tür ist niedriger als die gewöhnlichen Steintüren in den Katakomben. Vorsichtig leuchte ich mit der Blendlaterne durch den Raum.

Buchrücken schmiegt sich an Buchrücken. Die Regale gehen zwei Manneslängen in die Höhe, ganz bis unter die steinerne Decke. Sie türmen sich im Viereck die Wände der Kammer entlang, in deren Mitte ein massiver Holztisch steht.

Die Bretter der Regale biegen sich unter den zahlreichen Büchern. Einzelne sind umgefallen, es liegen aber auch ein paar lose Stapel auf dem Boden. Und in einem der Fächer sind bestimmt um die hundert Schriftrollen aufgeschichtet. Ich schlucke. Tausende Geschichten, Tausende Gedanken, die hier festgehalten wurden. Pergamente, die die Welt greifbarer machen, Worte, die lebendig bleiben wollen.

Ich stelle die Lampe am Boden ab. Mit seltsam zittrigen Fingern nehme ich eine Schriftrolle aus dem Regal, rolle sie auf und halte sie ins Licht. Ich überfliege ein paar Zeilen. Es sind Listen von Handelswaren.

In der Ecke neben der Tür steht eine kleine Leiter, ich klettere sie rauf, um auch an die obersten Reihen zu gelangen. Ich lasse den Finger einmal über die Buchrücken gleiten. Ein Kribbeln steigt in mir hoch. Ich puste ein paar Spinnweben und Staubflusen zur Seite, sie wirbeln in der Luft.

Warmzeiten und Kaltzeiten. Ich liebe neue Wörter. Neugierig ziehe ich das Buch mit der Aufschrift aus dem Regal. Es liegt schwer in meiner Hand. Ich schlage es auf und blättere durch die Pergamente. Die beschriebenen Seiten haben einen ganz eigenen Geruch. So, als wäre ein bisschen von dem Ort zurückgeblieben, an dem sie entstanden sind.

Ich setze mich an den Tisch in der Mitte und zünde mehrere Kerzen darauf an, sodass ihr Lichtkreis bis an die Ränder der Buchseiten grenzt.

Umgeben von diesen Büchern breitet sich eine Ruhe in mir aus, die ich seit der Nachtwache nicht mehr verspürt habe. Die Anspannung hat mich die ganze Zeit verfolgt.

Zuerst orientiere ich mich an den großen Überschriften. Es gibt auch Seiten mit Zeichnungen und Abbildungen von Stürmen und Regen. Sie sind mit einem Kohlestift skizziert. Gewitterwolken und Blitze.

Bei dem Wort *Nebel* bleibe ich mit dem Finger stehen.

Sofort denke ich an die seltsame milchige Schicht, den Nebel auf dem Friedhof.

Einer der Forscher geht davon aus, dass der Nebel der Atem des Bodens ist. Ähnlich wie der eigene Atem, wenn man ihn bei kalter Luft ausstößt und er sich in Rauch verwandelt.

Ein anderer denkt, Nebel bildet sich, wenn sowohl das Gras als auch die Erde kein Wasser mehr aufnehmen können und das Wasser im Boden erst tiefer sinken muss, um Platz zu machen. So wäre Nebel eigentlich nur Wasser, das wartet.

Ich sauge die Sätze nur so in mich auf.

Und trotzdem ist mir das zu wenig. Sie können doch nicht wirklich davon ausgegangen sein, dass dies eine vollständige Erklärung ist. Wo bleibt die Frage nach dem Warum? Auf den weiteren Seiten wird nur noch beschrieben und erzählt.

Besonders viel lese ich über die *Stummen Lande*, das Niemandsland vor dem Königreich Cavion, eine riesige Erdfläche, auf der nichts wächst und wo es nichts gibt außer Nebel.

Ich schüttle den Kopf. Manchmal macht mich dieses neue Wissen verrückt. Ich erfahre, dass diese Dinge existieren, und gleichzeitig kann ich es mir kaum vorstellen. Unglaublich, dass all dies schon da war, während ich Tag für Tag in den Minen Steine geschlagen habe.

Auf der nächsten Seite finde ich Beschreibungen über die Nebelbänke im Nordgebirge. Sie können urplötzlich auftauchen und alles, was ihnen in den Weg kommt, verschlingen.

Es schaudert mich. Auch auf dem Friedhof kam es mir vor, als würde der Nebel urplötzlich auftauchen und sich dann wieder lichten. Aber von dem Friedhofsnebel finde ich nichts in den Büchern.

Und überhaupt will ich noch so viel mehr wissen. Von diesem Etwas in den vermauerten Minen, von der alten Kultur und wie sie diese Katakomben genutzt haben. Ich will mehr erfahren über all die Legenden von den Vogelwesen. Über den blau schimmernden Stein, damals im Bergwerk. Eigentlich müsste ich schon längst weitersuchen, es gibt wichtigere Themen. Nur, wo fange ich an? Wo höre ich auf?

Ich gehe mit der Lampe zurück ans Regal und suche hastig die Buchrücken ab. *Nordgebirge, Trivium, Völkergruppen, Kräuter, Lavis: Gesammelte Berichte* – hier stoppe ich.

Ich ziehe das Buch hervor, eile zurück zum Tisch, schlage es auf.

Ich überfliege ein paar Abschnitte, es scheint sich um Berichte von Favilla-Spionen zu handeln.

... Die Stimmung am Hof kam mir sehr gezwungen vor, die Gärten selten besucht, tagsüber sah man die Haremsdamen kaum, selbst guten Tee und Gebäck haben sie verweigert ... Sie alle, besonders aber die engsten Vertrauten und der Brennende König selbst, wissen genau, wie man sich im Verborgenen hält. Ihre Privatgemächer sind strengstens bewacht. Prinzessinnen und Thronfolger in den innersten Bereichen nahezu eingesperrt. Das Einzige, was nach außen dringt, ist der ewig verbitterte Kampf der Thronfolger, der mit allen Mitteln ausgefochten wird. Wenn der alte König stirbt, dann gibt er seinen Mantel an den weiter, der sich am meisten darum verdient gemacht hat ...

... In den vergangenen drei Jahresumläufen ist er mir nur einmal flüchtig begegnet. Alles, was ich zu Gesicht bekam, war der Schwung seines roten Umhangs, prächtig, tiefrot – lebendig wie fließendes, frisches Blut ...

... Er bleibt verhüllt, so wie seine Vorfahren in den drei vergangenen Jahrhunderten und all jene, die noch folgen werden ...

Wenn ich nur schneller lesen könnte! Wenn ich doch nur einmal alles durchblättern müsste, um es im Kopf zu behalten, sosehr ich all das aufnehmen will, die Buchstaben verschwimmen müde vor meinen Augen.

Verärgert schlage ich das Buch zu. Ich muss zurückkommen.

Eine Weile starre ich einfach nur auf die Tischplatte, schabe dabei die Wachstropfen mit den Nägeln vom Holz.

Wie Claire. Meine Kehle verengt sich.

Immer wenn ich sie zu Bett brachte und sie zudeckte, hatte sie einen Riesenspaß daran, das Wachs vom Holzboden zu pulen. Mit ihren ungeschickten Fingerchen kratzte sie daran herum und bat mich anschließend, einen neuen Wachstropfen von der Kerze auf das Holz fallen zu lassen.

Meist musste ich ihre Hand zurückhalten, sonst hätte sie in das heiße, noch flüssige Wachs gefasst und sich die Finger verbrannt. Ich musste es immer wieder sagen. Aber das war nicht weiter schlimm, sie konnte es nicht verstehen. Claire ist eine der *Unbrauchbaren*, so sagt man in Lavis dazu.

In meinen Augen ist Claire genauso wie alle anderen Menschen. Sie kann lachen und weinen, sich ärgern und wütend sein, nur eben ein bisschen anders. Genauso, wie sie eben ein bisschen anders aussieht.

Sie hat ein sehr rundes Gesicht, und ihre Augen stehen etwas weit auseinander, sie haben eher die Form von Schlitzen, und wenn sie lacht, dann bleiben nur noch zwei Striche. Ihr Lachen ist mein Lieblingslachen. Das herzlichste und unbekümmertste, das ich kenne.

Sie hat jetzt vierzehn Jahresumläufe hinter sich, sieht aber aus, als wären es vielleicht erst neun. Ihr Verständnis kann gerade mal mit dem von Kindern mithalten, die vier Jahresläufe zählen.

»Noch mal«, schrie sie. »Noch mal!«

»Pssst.« Ich strich ihr die braunen Haare aus dem Gesicht. »Mama und Papa wollen doch schlafen.«

Sie schlug die Hand vor den Mund und schielte mich an. »Ups.« Sie lachte wieder. Ein letztes Mal ließ ich Wachs neben ihrem Bett auf den Boden tropfen. Ich bin mir sicher, sie hätte dieses Spiel auch die ganze Nacht fortsetzen können. Sie konnte sehr fordernd sein. Aber ihr Lachen war es mir wert.

Es ist ein Wunder, doch wir fanden eine Aufgabe für sie im Bergwerk. Wir haben nicht aufgegeben, ihr die Arbeit für die Minen beizubringen, stundenlang mit ihr geübt.

Während der Schicht packte mich oft die Angst, manchmal sprang ich schlagartig von meinem Arbeitsplatz auf, um nach ihr zu sehen. Meistens schlug sie ganz friedlich nach den Steinen. Vielleicht etwas ungeschickt, und sie schaffte es, sich dabei dreckiger zu machen als alle anderen, aber sie schien zufrieden mit ihrer Aufgabe zu sein.

Auch wenn ihre Steine nicht für ein volles Pensum genügten, niemals hätten wir daran gedacht, das zu machen, was manche Familien in Lavis mit den *Unbrauchbaren* tun. Wir füllten ihre Rationen mit Teilen von unseren auf. Es war mehr als hart, aber wir schafften es irgendwie.

»Jetzt musst du aber schlafen.« Ich deckte sie zu, woraufhin sie mir einen Schmollmund zeigte.

Eben wollte ich die Kerze auspusten, da schrie sie wieder auf. »Ich will!«

»Na gut.« Ich lehnte mich zurück, und sie pustete einmal kräftig.

»Schlagen wir morgen wieder Steine?«, drang ihre Stimme dann aus der Dunkelheit. Sie stellte mir diese Frage fast jeden Abend.

Das werden wir, Claire, sogar so viele, wie wir können.

Der Satz ist wie eingebrannt in mein Hirn, und ich flüstere ihn noch mal vor mich hin. Hier in der Bibliothek von Favilla, wo er sich plötzlich ganz fremd anfühlt, ganz weit weg.

Ich sehe der kleinen Flamme vor meinen Augen zu, wie sie hin und her flackert. Ich schließe die Lider, atme einmal tief durch.

Ich habe dich so lieb, Claire.

Ich schlucke. Vergrabe das Gesicht in den Händen.

Ich will es nicht zugeben. Nicht mal vor mir selbst. Dabei weiß ich es doch eigentlich – es geht mir gut.

Ich habe es bei den Gesprächen mit Jon gemerkt, ich habe es in den Unterrichtsstunden gemerkt. Mit jeder neuen Möglichkeit, die ich hier geschenkt bekomme, habe ich es gemerkt.

Ich fühle mich freier, besser. Ich bin mehr als froh, dass ich mich auf die Türschwelle setzen musste.

Auf Favilla gibt es niemanden, um den ich mich kümmern muss. Zum ersten Mal gibt es nur mich.

Ich konzentriere mich auf meinen Atem, darauf, wie die Luft bis in meinen Bauch strömt.

Es ist Zeit, die Bibliothek zu verlassen.

Ich puste die Kerzen aus. Für einen Moment bleibe ich noch sitzen und warte, bis der Duft verfliegt, warte, wie ich mit Claire gewartet habe, bis der letzte Funke am Docht erloschen ist.

Ich lausche in die Stille. Ich kann es deutlich hören. Irgendein Rauschen. So ähnlich wie der Wind, wenn er die Bäume aufbauscht. Ein stetiges, leises Rauschen, das irgendwo aus den Wänden kommt.

Ich sehe einmal an die Decke und zu allen Seiten.

Geräusche in den Katakomben haben meist etwas zu bedeuten. Das weiß ich jetzt. Zumindest das.

6

Favilla. Gemeinschaftsraum.

Nur einen Strich am Stundenglas hat der Sand noch nicht erreicht. Gleich ist Nachtruhe. Von der Feuerstelle geht eine wohltuende Wärme aus. Wenn ich zwischen den anderen Schülern dort sitze, wird mir manchmal sogar zu warm. Ein seltenes Gefühl in Favilla.

Ich stehe an der Schwelle und beobachte Estelle und Sam. Sie sitzen auf ein paar Fellen an die Wand gelehnt. Estelle sieht ziemlich aufgewühlt aus. Sie redet auf Sam ein und schüttelt dabei den Kopf, greift sich verzweifelt in die Haare. Zwischen dem ganzen Stimmengewirr im Raum und dem Prasseln der Flammen ist kein Wort von dem zu verstehen, was Estelle sagt.

Sam fällt es schwer, ihr ins Gesicht zu sehen. Immer wieder schaut sie zu Boden. Traurig? Beschämt?

Estelle redet einfach weiter, und dann steht Sam plötzlich ruckartig auf. Sie feuert einige Worte zurück und stürmt Richtung Ausgang. Ich stehe immer noch an der Schwelle, und sie fegt nur knapp an mir vorbei, ohne mich überhaupt zur Kenntnis zu nehmen. Mir steigt kurz ihr Duft in die Nase, den ich jetzt irgendwie schon kenne.

Ich sehe ihr verwundert hinterher. Was war das denn gerade? Als ich mich wieder umdrehe, steht Melvin plötzlich vor mir.

»Komm schon, die Würfel warten.« In seinen Augen blitzt die Vorfreude. Dann mustert er mein Gesicht und sieht von mir in das Dunkel des Gangs, wo Sam gerade um eine Ecke verschwindet. »Wenn du gewinnst, verrate ich dir ein Geheimnis über sie.«

Zuerst runzle ich die Stirn. Welches Geheimnis über Sam sollte denn bitte interessant für mich sein?

Aber wie auch immer – *Könige und Narren* bedeutet für mich eine Auszeit von allem. Es bedeutet Entspannung nach einem harten Kampftraining, wenn die Muskeln noch brennen. Es bedeutet Abwechslung zu den kalten Gängen und der Dunkelheit, es bedeutet Ablenkung von den roten Flecken auf Jonathans weißer Schürze. Es tröstet mich, wenn ich Claire vermisse.

Würfelwerfen hat mit alldem nichts zu tun. Sie fallen auf den Boden und rollen vielleicht noch ein kleines bisschen. Aber irgendwann bleiben sie stehen, völlig willkürlich. Sie entziehen sich der Favilla-Kontrolle oder der Angst im Nacken.

»Wer spielt mit?«, frage ich.

Melvin deutet mit dem Kopf einmal auf die Schüler hinter dem Brunnenschacht. Dort sitzen Nora, Johanna, Phil und Liv.

»Alles klar, ich bin dabei.«

»Sehr gut.« Melvin schiebt mich an den Schultern vorwärts.

Und irgendwie will ich dieses Spiel nun wirklich gewinnen. Es geht einfach ums Prinzip, sage ich mir, weil Melvin mich neugierig gemacht hat und weil jedes Geheimnis dazu da ist, aufgedeckt zu werden.

Plötzlich tippt mir jemand auf die Schulter. Ich drehe mich um.

Lennart steht vor uns, er hat die Arme nun hinter dem Rücken verschränkt. Es sieht komisch aus, so, als ob er da wirklich etwas verstecken würde.

»Darf ich eine Runde mitspielen?« Er guckt uns mit seinen Insektenaugen an.

»Wenn du verlieren willst«, sagt Melvin.

Ich sehe von ihm zu Lennart. »Aus irgendeinem Grund schafft er es jedes Mal, zu gewinnen«, kläre ich Lennart auf. Der zuckt mit den Schultern.

»Gut«, sage ich dann. »Wenn man es ein paarmal gespielt hat, versteht man, wie es funktioniert.«

Wir setzen uns zu den anderen auf den Boden. Bevor wir anfangen, erkläre ich Lennart die Regeln. Im Wesentlichen geht es darum, immer den Wurf des Vorgängers zu übertreffen und so eine Chance auf den Pot zu erhalten. Als Einsatz legt man einen der Kettenhemdringe – unsere Spielsteine – in die Mitte. Spannend wird's dann, wenn man sich entscheidet, noch zusätzliche Ringe in die Mitte zu legen, um einen Vorteil zu erhalten. Man kann damit seinen Würfelwurf im Voraus erhöhen oder eine Erhöhung beim Gegner kontern, und für fünf Ringe darf man seinen Wurf sogar nachträglich wiederholen. Klappt es dann aber trotzdem nicht, ist man seine Ringe schneller los, als man *Phönix* sagen kann.

»Du kannst auch erst eine Runde zuschauen«, sage ich zu Lennart, nachdem ich einmal schnell mit allen Einzelheiten durch bin, »dann wird das Ganze etwas klarer.«

Lennart schüttelt den Kopf. »Ich habe es verstanden.« Er schnappt sich direkt zehn der Kettenhemdringe.

»Ich glaube, du willst hochgradig verlieren.« Melvin reibt sich die Hände.

»Ich denke, *ihr* werdet verlieren«, sagt Lennart ein klein bisschen zu ernst, die anderen gucken irritiert, und ich lache einfach schnell, so, als ob Lennart einen Witz gemacht hätte.

Das Spiel beginnt. Liv legt einen ersten Kettenhemdring in die Mitte und würfelt eine Fünf und eine Zwei. Das setzt man zu einer 52 zusammen.

Lennart überlegt einen Moment, obwohl es bei einem zweiten Spielzug noch nicht wirklich viel zu überlegen gibt, dann legt er einen Ring in die Mitte und greift direkt nach den Würfeln. Die Ärmel des Leinenhemds haben fast dieselbe Farbe wie seine Haut. Er schafft es, Liv um zwei Augen zu überbieten.

»Da bin ich dabei«, ruft Melvin. Er schüttelt die Würfel einmal kräftig in den Händen, seine Zunge guckt ein bisschen aus dem Mund. Er wirft eine 62.

Mist. Ich kratze mich am Hinterkopf.

Am Anfang des Spiels ist es enorm wichtig, Kettenhemdringe zu sammeln, damit man die restlichen Runden davon runterspielen kann. Nur eine 63, 64, 65 oder ein Pasch können mir helfen. Ich könnte Melvin auch die Ringe überlassen und einen neuen Pot aufmachen.

Aber ich habe ein gutes Gefühl bei dem Wurf, und darauf sollte man immer hören. Los geht's.

Die Würfel rollen über die Steinplatten. Melvin presst gespannt die Lippen aufeinander. Tatsächlich: ein Pasch vier.

»Ha!«, rufe ich, lehne mich zurück und werfe Melvin einen amüsierten Blick zu.

Jetzt ist Nora an der Reihe, sie passt natürlich, deshalb lege ich zwei weitere Kettenhemdringe in den Pot, um sie zu zwingen.

Sie seufzt, trotzdem lässt sie die Würfel mit Schwung fallen.

21.

Ich stöhne auf. Sie hat den Phönix geworfen!

»Ha!«, jubelt sie. »Tja, Noel, dann spendier mal ein paar Ringe!« Sie deutet mit den Händen in die Runde.

Das bedeutet nun, dass ich zwar den Pot zurückbekomme, weil sie mit der niedrigsten Zahl auf jeden Fall verliert. Aber bei einem Phönix muss der mit den meisten Kettenhemdringen an jeden Mitspieler einen Ring abgeben. Und letztendlich mache ich um einen Ring Minus. So hatte ich mir das Ganze nicht vorgestellt. Melvin zeigt mir die obere Zahnreihe.

Und trotzdem mag ich sein triumphierendes Gesicht, ich mag auch den Ärger in Phils Gesicht, die Spannung bei Nora oder die Verzweiflung bei Johanna, als wir nun weiterspielen. Weil diese Emotionen manchmal so fern von der Wirklichkeit sind und doch so klar – so ehrlich.

Liv, Nora und Phil sind schon ausgeschieden. Nicht mehr lange, und der Dürre wird das Stundenglas umdrehen. Die knappe Zeit wirkt sich deutlich auf unser Spiel aus, sie bringt uns dazu, mehr Risiko einzugehen. Mittlerweile besitzt Melvin die meisten Eisenringe. Lennart folgt ihm dicht auf Platz zwei.

Er starrt angestrengt auf die Würfel, ein paar Schweißperlen glitzern auf seiner Stirn. Aber auch ich bin viel nervöser als sonst. *Was ist Sams Geheimnis?*

Wenn ich jetzt erhöhe, kontert Lennart mich weg. Das würde nichts bringen. Ich fahre mir ein paarmal durch die Haare, streiche sie aus dem Gesicht, sie fallen wieder vor, ich streiche sie wieder zurück. Was soll ich tun?

Ich lege einen Kettenhemdring in den Pot.

Die Würfel wirbeln in meinen gefalteten Händen umher, schließlich lasse ich sie fallen. Ich bin drunter. Mist.

Ich lege fünf Ringe in die Mitte. Ich wiederhole den Wurf.

Wieder drunter. Mist.

Hat es mit dem Streit mit Estelle zu tun? Hat sie irgendetwas angestellt? Oder ist es etwas ganz anderes? Auf einmal interessiert es mich brennend, aber erst mal muss ich dieses Spiel gewinnen.

Ich wiederhole noch zweimal, aber das Glück scheint mich verlassen zu haben.

Der letzte Versuch. Einer der Würfel bleibt auf einer Kante des Steinbodens liegen. *Komm schon, 5 oder 6!*

Ich beiße die Zähne aufeinander.

Er fällt.

4.

Ich bin raus.

»Das gibt's nicht!« Ich springe auf und wuschle Melvin einmal verärgert durch die Haare. Wie schafft er das nur jedes Mal?

Eine Weile geht es zwischen ihm und Lennart hin und her, dann sind wir beim großen Finale. Lennart wirft einen unglaublichen Sechserpasch. Das ist so gut wie unschlagbar. All seine Kettenhemdringe liegen im Pot.

Ich schaue zu Melvin, aber sein Gesicht sieht noch entspannt aus. Er hat den Kopf ein wenig geduckt und schaut schelmisch zu Lennart. »Mein Freund, du hast Talent, das muss ich dir lassen.« Lennart kann es wohl kaum erwarten, den vollen Pot an sich zu reißen und Melvin endlich vom Thron zu stoßen. Gespannt starrt er auf die Spielfläche.

»Aber ich spiele das schon eine Weile, lass mich mal machen«, sagt Melvin nun.

Er schmeißt vier seiner Kettenhemdringe in den Pot, damit erhöht er seinen Wurf bei einem Pasch um vier. So kann er mit einem Pasch drei, der dann entsprechend erhöht wird, sozusagen auf Pasch sieben kommen. Die Wahrscheinlichkeit, zu gewinnen, ist trotzdem sehr gering.

Er verwirft.

Lennart atmet aus.

Melvin zahlt fünf Steine, um zu wiederholen. Er verwirft noch mal.

Lennart wechselt die Sitzposition. Vom Schneidersitz in die Hocke, von der Hocke wieder in den Schneidersitz.

Nur noch ein letzter Wurf. Der goldene Wurf. Melvin zwinkert mir einmal zu, als ob er mir damit zu verstehen geben will, dass er sich jetzt schon sicher ist, das Spiel zu gewinnen.

Ich wedle am Kragen von meinem Leinenhemd, es ist viel zu warm hier drin. Ich kann mir vorstellen, wie die Würfel in seinen heißen Händen pochen. Es ist, als hörte ich das Knochenmehl hinter mir auf den hohen Sandberg rieseln.

Lennart schaut immer noch völlig angespannt auf den Boden.

Die Würfel klappern über den Stein. Es ist ein vertrautes Geräusch, alle halten inne, so, als würde die Zeit verlangsamt werden.

Ein Viererpasch. Das reicht.

Melvin springt auf und reckt die Faust nach oben, trommelt mir dann wie ein Verrückter auf dem Rücken rum.

Zuerst bleibt Lennart noch kurz in seiner Starre, dann schluckt er. Er stützt sich mit den flachen Händen auf dem Boden ab, ich sehe, wie sich sein ganzer Körper verkrampft. Als er aufschaut, meine ich, Tränen in seinen Augen zu sehen.

»Das war unfair«, sagt er. »Die Wahrscheinlichkeit, dass du meinen Pasch übertriffst, war zu gering. Ich habe die ganze Zeit besser gespielt als du. Das war einfach nur Glück.«

»Tja, Meisterschütze«, sagt Melvin und stützt sich mit dem Ellenbogen auf Lennarts Schulter ab. »Irgendwann müssen wir alle mal verlieren.«

Melvin scheint es vielleicht noch nicht bemerkt zu haben, aber

Lennart sieht wie ein ausgesprochen schlechter Verlierer aus. Das Blut schießt ihm in den Kopf, seine Wangen sind knallrot, und entweder fängt er gleich an zu weinen, oder er wird Melvin die Kettenhemdringe ins Gesicht schmeißen.

Nora lockert die Situation zum Glück ein bisschen auf. »Wir sollten das Zeug wegräumen«, sagt sie und sammelt die ersten Eisenringe in ihrer Hand. »Die Knochenuhr wird gleich umgedreht.«

Während wir gemeinsam das Spiel aufräumen, scheinen sich allmählich alle wieder zu beruhigen. Meine Augen wandern durch den Raum. Wir sind die Einzigen, die noch hier sind, bis auf Estelle.

Normalerweise sitzt sie nie so lange da und reizt die Zeit bis aufs letzte Knochenmehlkörnchen aus.

Sie hebt einmal kurz den Kopf, unsere Blicke treffen sich. Sie schenkt mir ein aufgesetztes Lächeln, und ich schaffe kaum, es zu erwidern.

»Gehen wir«, sagt einer in der Runde. Ich löse den Blick von ihr und schließe mich dem Rest an.

In den Gängen quatscht Melvin mich ohne Pause voll, seine Stimme hallt laut von den Wänden zurück. »Ich meine, du hast dein Bestes gegeben, Großer. Ich hab auch kurz überlegt, ob ich dich gewinnen lasse. Aber war nicht drin. Na ja … ich würde mich an deiner Stelle ganz schön ärgern, das Geheimnis jetzt nicht zu erfahren.«

Wir laufen eine Weile, aber ich muss immer noch an Estelle und an ihren Streit mit Sam denken.

»Stell dir vor, diese Information ist überlebenswichtig«, redet er weiter. Natürlich weiß er, dass ich neugierig bin, dieser Vogel!

Erst in der Zelle gehe ich auf ihn ein. »Nun sag mir schon das Geheimnis, du wirst es ohnehin nicht für dich behalten können.«

Er schüttelt sein Fell auf und zupft es an den Seiten zurecht, sodass es keine Falten schlägt. Es muss immer glatt gestrichen sein, bevor er sich drauflegt.

»Ha.« Er lacht auf und zeigt einmal mit dem Zeigefinger nach oben. »Das ist ja nun Quatsch. Aber na gut, ich bin ja nicht so, ich erzähle es dir.«

»Na also.« Ich lasse mich auf den Rand meines Bettes plumpsen, versuche, gleichgültig zu tun, aber ich kann es kaum abwarten.

Melvin kostet den Moment sichtlich aus, er schiebt den Docht der Öllampe etwas niedriger, sodass die Zelle in schummrigem Licht liegt. Danach setzt er sich ebenfalls auf sein Bett, stützt die Hände auf den Knien ab. Er räuspert sich, wartet, dann erst spricht er: »Die Sam grunzt beim Lachen.«

»Was?«, frage ich.

»Wenn Sam richtig lacht, dann grunzt die dabei«, wiederholt er. »Du weißt, ich versuche mich ab und zu mal an ein paar Späßen, nur sie geht meist nicht darauf ein. Aber einmal …«, er streicht sich über den Mund, »ein einziges Mal, ich glaube, es war irgendwann im Zirkel, und ich weiß nicht mal mehr, was ich erzählt habe, da hat sie sich nicht mehr eingekriegt.« Er deutet mit der Hand eine Höhe vom Boden an. »Und dieses kleine, süße Mädchen hat so richtig, richtig gelacht und dabei gegrunzt.«

Ich lehne mich zu ihm vor. »Melvin, *das* ist das Geheimnis?«

»Ja«, sagt er.

»Du mieser Trottel, warum erzählst du mir das denn?«

»Ja, ist doch voll wichtig.« Er macht es mir nach und lehnt sich weiter nach vorn. Seine Stimme klingt nun etwas ernsthafter. »Du musst bei der Nachtwache ständig neben ihr sitzen, und ich kann mir vorstellen, wie sie dich anschweigt, so wie Sam eben manchmal schweigt, und ich dachte, falls du dich deswegen ärgerst, kannst du dich daran erinnern, dass sie grunzt beim Lachen und dass sie nämlich eigentlich entspannt drauf ist.«

Ich zögere einen Moment. »Ja«, sage ich dann auch ernster. »Das Gefühl hatte ich auch schon.«

»Was soll das heißen?« Melvin grinst verräterisch.

»Nichts weiter.« Ich fahre mir durchs Haar. »Ich glaube nur, sie ist wirklich in Ordnung.«

7

Favilla. Friedhof.

Unter der Erde vergisst man, welche Kraft der Wind hat und wie sich Regen anfühlen kann. Wie Nadeln, die auf die Haut peitschen. Hier draußen ist ein Sturm aufgezogen, in Favilla ist alles still.

Ich sehe das Amphitheater hinauf, in kleinen Wasserfällen ergießt sich der Regen über die breiten Stufen. Es dauert nicht lange, und wir sind komplett durchnässt, das Leinen klebt an unserer Haut, und die Lederplatten auf den Schultern fühlen sich noch schwerer an als sonst.

Mit schnellen Schritten durchqueren wir die Allee zum Wachtposten. Um wenigstens ein bisschen geschützt zu sein, suchen wir uns einen Platz unter einem Baum. Er liegt nur drei Schritte von den Vogelmännerstatuen entfernt. Von hier aus kann man das Flügeltor etwas schlechter einsehen, aber es sollte noch reichen.

Immerhin hat der Sturm den Nebel vertrieben. Selbst die unerträgliche Stille hat der Wind davongejagt, das Geräusch des Regens hat ihren Platz eingenommen: ein unermüdliches Platschen, das in seiner Heftigkeit wie ein einziges lautes Rauschen in meinen Ohren dröhnt.

Hinter den Anhöhen und Gräberreihen gleißen die Blitze auf. Gezackte Linien, die den Nachthimmel zerteilen.

Wir setzen uns auf zwei Steine und warten, aber der Donner kommt nicht. Vermutlich noch nicht.

Sam zieht die Beine an sich und schlingt ihre Arme darum. Ihr strohblondes Haar sieht ein wenig dunkler aus, wenn es nass ist, und es klebt ihr an den Wangen. Sie stützt ihr Kinn auf den Knien ab.

Ich lehne mich neben sie an den Baumstamm.

»Nora und Ellinor haben gestern noch mal ein aufgebuddeltes Grab entdeckt«, sage ich.

»Was, wenn es doch der Totengräber war?«, fragt Sam und gähnt.

»Womöglich.« Ich wische mir über den Mund. »Aber ich glaube, …«

Sam hebt plötzlich das Kinn. »Scht.« Sie deutet nach vorn. »Er kommt.«

Jetzt erkenne auch ich die schwarze Gestalt und höre Füße in den Matsch einsinken, in die Pfützen platschen und weiter vorwärtsschlurfen. Er scheint wohl gern mit uns zu sprechen.

»Vielleicht war es auch etwas ganz anderes«, sagt der Totengräber, während er den Hügel heraufsteigt, so, als hätte er unser Gespräch die ganze Zeit schon belauscht. Vor uns kommt er zum Stehen. »Eine Bestie.« Er weitet die Augen. Ein Matschklumpen klatscht von der Schaufel auf den Boden. Der Totengräber duckt sich ein wenig vor, schiebt den Kopf einmal nach rechts und links, wie um sicherzugehen, dass wir unbeobachtet sind. Dann tritt er noch mal einen Schritt näher unter den Schutz des Baumes und senkt die Stimme. »Ihr habt noch nie von der Legende des Fleischreißers gehört, hä?«

»Welche Legende?«, frage ich. Ich habe noch nichts von so einer Legende gelesen, auch Jon hat nichts dergleichen erwähnt.

Der Totengräber hebt die Schaufel einmal an und stößt sie dann wieder in den Matsch, als wolle er den Boden markieren.

»Das ist keine schöne Geschichte, mein Bursche.« Er leckt sich einmal mit der Zunge über die große Zahnreihe. Regentropfen sammeln sich an den Enden seines Barts.

»Erzähl«, sage ich.

Er grinst hämisch. »Es war ein Volk«, beginnt er und stützt sich mit dem rechten Ellenbogen auf die Schaufel.

Seine Hand knickt vorn komisch ab. Ich bin überrascht, als seine heisere Stimme auf einmal stark und klar wird.

»Gestaltenwandler. Sie lebten vor vielen Hundert Jahren. Tagsüber waren sie Menschen wie alle anderen, nachts, wenn das Schwarz über das Land zog, verwandelten sie sich in grässliche Bestien mit glänzendem, dunklem Fell und langen Fangzähnen. Ein Schlag ihrer gewaltigen Klauen konnte einen erwachsenen Mann zerreißen. Trotz allem waren sie ein friedliebendes Volk, hatten sich zurückgezogen in die Wälder, um niemandem etwas anzutun, wenn das Tier in ihnen die Herrschaft übernahm. Aber die Menschen fürchteten sich vor ihnen und begannen, sie zu jagen. Einem Mann, der einen abgeschlagenen Bestienkopf von der Jagd zurück in sein Dorf bringen konnte, wurden Ruhm und Ehre zuteil. So wurden sie nach und nach fast vollkommen ausgerottet. Irgendwann waren es nur noch zwei ihrer Art, die übrig waren: ein Vater und seine Tochter. Es schloss sich eine Truppe von Menschen zusammen, die es sich zur Lebensaufgabe machten, auch diese beiden letzten Kreaturen zu vernichten, die Rasse endgültig auszulöschen. Eines Tages erwischten sie das Mädchen. Sie trieben sie in ihrer menschlichen Gestalt vor sich her und durchbohrten sie schließlich mit einem Speer vor den Augen ihres Vaters. Den Vater verwundeten sie schwer, er konnte fliehen, doch er war tödlich verletzt … Und just in dem Moment, als die Nacht hereinbrach und das letzte Zeitkorn fiel, verließ ihn das Leben. Doch so geschah es, dass nur sein Menschenkörper ins Reich der Toten überging und die Bestie weiterlebte. Die Gedanken von Wut und Schmerz getrieben und mit nur einem Ziel: Er wollte den Leichnam seiner Tochter. Er wollte sich verabschieden, wie sein Volk das immer schon getan hatte, sie bestatten nach den alten Traditionen. Das Volk glaubte, die Schwelle zur anderen Welt könne nur überquert werden, wenn der Leichnam in eine Felsspalte im Gebirge gelegt werde. Und während ihn alles andere Menschliche verlassen hatte, so war dieses Bestreben geblieben, es brannte in seinem leidgeplagten Hirn. Die Jägertruppe übergab den Leichnam seiner Tochter dem Totengräber von Lavis, heißt es. Dieser sollte ihn begraben, und zwar hier unter dieser Erde, hier auf diesem Friedhof. Und der Vater begann zu suchen. Er suchte und suchte. Er zerfetzte Trauernde, fraß Leichen, und wenn er nicht gerade nach Futter jagte, totes oder lebendiges Fleisch riss, dann buddelte er. Ganze Kriegertrupps brachte man auf den Friedhof, um der Bestie Herr zu werden, aber auch sie hat er getötet, niemand konnte ihn zur Strecke bringen. In diesen Tagen war der Friedhofsboden getränkt von Blut. Irgendwann war der Fleischreißer nicht mehr da, vom einen Tag auf den anderen. Er war einfach verschwunden, und keiner wusste wohin und ob er jemals wiederkommen würde.«

Der Totengräber sieht einmal in die Ferne. »Wenn ihr mich fragt: Vielleicht haben sie das tote Mädchen auch einfach irgendwo in den See geschmissen, das geht schneller. Aber die Bestie, der Fleischreißer, wer weiß, was ihn damals vom Friedhof getrieben hat.« Und jetzt zuckt seine baumelnde Hand einmal hoch. »Und ob dieser Abschied für immer war.«

Für einen Moment schweigen wir. Das Gesicht des Totengräbers leuchtet im Licht der Blitze auf.

Er beugt sich noch einmal zu uns, dabei schwingen die nassen dunklen Haarsträhnen an seinem Kopf vor und zurück.

»Also haltet die Augen offen«, krächzt er und blickt zu Sam. »Nicht, dass noch jemand versucht, dich in einer Felsspalte zu begraben.«

Mit einem Schlag scheint es noch dunkler geworden zu sein. Der Totengräber zieht die Nase hoch, dann stapft er zurück in den Sturm.

Ich merke erst jetzt, wie sehr die Kälte bereits an mir zehrt. Sie hat sich durch die Kleidung gefressen, haftet eisig an mir. Nicht mal der dicke Stoff des Zirkelumhangs kann sie fernhalten.

Sam reibt sich die Arme und kreuzt sie dann wieder über ihren Knien.

»Möchtest du meine Robe haben?«, frage ich sie.

Sam schüttelt den Kopf. »Geht schon.«

Aber ich sehe, wie sie doch gegen die Kälte kämpft, wie sie fest auf die Zähne beißt, damit sie nicht klappern.

»Bist du dir sicher?«, frage ich noch mal.

»Ich komme klar.« Sie wirft mir einen scharfen Blick zu. Ich habe schon verstanden, dass ich nicht noch ein drittes Mal fragen soll.

Eine Weile hören wir dem Stürmen zu.

»Denkst du, es ist wahr, was der Totengräber erzählt hat?«, fragt sie mich plötzlich. »Dass eine Bestie hier ihr Unwesen treibt?«

Ich lasse mir Zeit mit der Antwort. Versuche, mir vorzustellen, wie ein solches Tier durch die Gräberreihen jagt. Dann erst löse ich den Blick aus der Ferne und sehe sie genau an. »Hätte man mir vor einem Jahresumlauf gesagt, dass magische Phönixe im

Königshaus gefangen gehalten werden und dass es irgendwo unter dem Friedhof ein Internat gibt, das versucht, den Brennenden König zu stürzen, dann hätte ich das wohl auch nicht geglaubt.«

Sam schaut ernst. Ich sehe, wie sie schluckt. Mehr gibt es nicht zu sagen.

Die dunklen Wolken planen bereits den nächsten Angriff aus Blitz und Donner. Lange Äste peitschen durch die Luft. Alles wütet. Selbst unter dem Baum tropft das Wasser aus unseren Haaren, und die Leinenhemden triefen, sind längst so nass, dass man sie auswringen könnte.

Ich kann mich nicht erinnern, jemals ein so heftiges Gewitter erlebt zu haben. Die meiste Zeit war ich unter Tage oder in unserer Hütte, selten bekam ich etwas von den Unwettern mit. Einmal erzählte mir mein Vater von einem Blitz, der in eine Hütte eingeschlagen und sie in Brand gesetzt hatte.

Ich seufze. »Komisch, dass man in Favilla nichts hiervon mitbekommt.«

»Du redest tatsächlich immer so viel«, sagt Sam, aber die Andeutung eines Lächelns versteckt sich in ihrem Gesicht, als sie mich ansieht, und plötzlich ist es wieder wie bei der Verkündung im Zirkelraum, es ist, als hätte ich mich kurz erschreckt.

»Nerv ich dich denn damit?«, frage ich.

»Nein.« Sie schüttelt den Kopf. »Wirklich nicht. Ich höre dir gerne zu.« Sie sieht einmal flüchtig zu Boden und dann wieder in mein Gesicht. »Du betonst die Wörter so anders.«

»Ja, das Minenarbeitervolk.«

»Das hat irgendwas.«

»Gab es so etwas bei den Fischern auch?«, frage ich. »Also eine Art Arbeitersprache?«

»Nein, die Fischer sind kein besonders lebhaftes Volk.«

»Du erzählst nicht gern von deiner Vergangenheit, oder?«

»Nein.«

»Warum?«

»Du lässt auch nicht locker.«

»Nein.«

Aber es ist okay, dass sie nicht erzählt und wir wieder zusehen, wie das Wasser die Erde schwer werden lässt.

»Manchmal vermisse ich meine Eltern«, sage ich, »und manchmal fühle ich mich schlecht, weil ich sie nicht arg genug vermisse. Sie hatten es nie leicht.« Ich umklammere den nassen Stoff meiner Hose, reibe ihn zwischen meinen Fingern. »Meine Schwester ist eine *Unbrauchbare*. Ich weiß nicht, wie es bei euch war, aber …«, ich schlucke. »Bei uns hat man Kinder wie sie oft einfach im Fluss ertränkt. Weil Unbrauchbare ja keine Essensrationen verdienen konnten. Meine Eltern hätten es nie übers Herz gebracht, ihr eigenes Kind zu ermorden. Es war immer für uns alle klar, dass wir zusammenhalten. Wir haben nicht aufgehört, mit Claire zu üben. Meine Mutter, sie hat den Schichtaufseher dazu gebracht, dass er meiner kleinen Schwester eine Chance gibt. Nur einen Probetag im Bergwerk. Sie hat zwar nur kleine Rationen erarbeitet, und wir mussten ihr von unseren Tellern abgeben, aber sie wurde unverzichtbar in den Stollen. Earl und die anderen haben sie geliebt. Ihre süße Art hat die Grubenfrauen und Grubenmänner hin und wieder dieses harte Leben vergessen lassen.«

Ich sehe die beiden vor mir, Earl, wie er mit dem Staub Bilder auf ihre Arme gemalt hat. Eine Blume oder eine Sonne, manchmal einen Stern.

»Es gab keinen Tag, an dem wir nicht in Sorge gelebt haben. An dem wir keine Angst hatten, dass der Schichtaufseher ausgerechnet dann ins Bergwerk kommen würde, wenn Claire gerade einen Fehler machte, und er sie mir dann aus den Armen reißen und königliche Maßnahmen vollziehen würde.« Ich sehe zu Boden. »In der ersten Zeit in Favilla habe ich jeden Tag an sie gedacht. Irgendwann nur noch jeden zweiten. Jetzt nur noch manchmal. Ich schäme mich dafür.«

»Ich habe meinen Vater nicht einen einzigen Augenblick vermisst, und weißt du was?« Sam sieht mich an, ohne mich dabei wirklich wahrzunehmen, und da liegt plötzlich eine Starre in ihrem Gesicht, die mich noch mehr frieren lässt. »Ich schäme mich kein bisschen dafür«, sagt sie, und ich glaube, das Beben unter ihrer Brust förmlich zu sehen, als wäre sie eben gerannt.

Sie gräbt die Finger in die nasse Erde, der Dreck schiebt sich unter ihre Nägel.

»Ich habe es gehasst«, sagt sie. »Die Flecken auf seinen Händen, wie er den Fischen Holzklötze auf den Kopf geschlagen hat, nachdem man sie aus den Netzen geholt hatte, und wie er dann mit diesen stinkigen Händen meine Mutter angefasst hat. Ich habe es gehasst.« Sie beißt sich fest auf die Zähne. »Er war kein guter Mann.«

Jetzt lässt sie den Kopf sinken. Die nassen Haare fallen ihr vor die Augen, sodass ich ihren Gesichtsausdruck nicht mehr erkennen kann.

»Sam«, sage ich vorsichtig. Meine Hand schiebt sich durch den Matsch, berührt fast ihre Fingerkuppen. »Wir können auch über etwas anderes reden.«

Aber dann sehe ich, wie ihre gekrümmten Finger nachgeben, wie sie langsam den Kopf hebt und unter dem Regen zu mir hochblickt. »Ich habe solche Angst um sie.«

Jetzt rutsche ich das letzte kleine Stück mit meinen Fingern zu ihrer Hand, sodass sich unsere Fingerspitzen berühren.

»Es ist in Ordnung, wir haben alle Angst«, flüstere ich, hinter uns grollt es erneut, und noch etwas mischt sich in den Donner: Schritte? Es ist schwer auszumachen, aber ich bin mir sicher, etwas gehört zu haben.

Jons Stimme ertönt deutlich in meinem Kopf: *Das aufgebrochene Grab, es beunruhigt mich.*

Wir müssen etwas unternehmen. Jetzt sofort.

Ich will nicht wieder zurückkehren und Jon davon berichten müssen, dass wir unsere Wache einfach nur abgesessen haben. Ich will mit Informationen zurückkehren.

Wieder Schritte. Auch Sam scheint sie bemerkt zu haben, denn sie dreht sich zu mir.

»Ich werde nachsehen«, sage ich. »Aber einer muss hierbleiben, um im Notfall das Nebelfeuer zu entzünden. Du musst das Flügeltor im Auge haben. Kannst du hier auf mich warten?«

Sie zögert. »Was ist mit der Legende?«

»Das werden wir nur herausfinden, wenn wir der Sache auf den Grund gehen.« Ich umklammere den Speer.

»Gut.« Sie dehnt das Wort. »Gib mir ein Zeichen, wenn …« Sie stockt für einen Augenblick. »Wenn da irgendetwas ist.«

Ich nicke und gehe los. Ich bin mir sehr sicher, dass die Geräusche wieder aus der Stadt der Helden kamen.

Die scharfe Spitze des Speers zeigt voraus. Jons Stimme in meinem Kopf treibt mich an.

Große Pfützen haben sich auf dem Schotter gebildet, und dort, wo der Boden lehmig war, sinke ich jetzt mit den Stiefeln in glitschigen Matsch. Hin und wieder saugen sich die Schuhe mit einem schmatzenden Geräusch fest.

Die Stadt der Helden ragt vor mir auf. Einige der efeubewachsenen Mausoleen sind so groß wie die Hütten aus meinem alten Minenarbeiterviertel, teilweise reihen sich die kleinen, von Säulen gesäumten Häuser dicht aneinander, sodass sie Straßen und Wege bilden.

Hier liegen die großen Krieger begraben, Männer, die Hunderte andere Männer erschlagen haben, die Könige zum Sieg geführt und Schlachten entschieden haben. Über den Grabbögen der Mausoleen sind Schriften eingemeißelt, in Sprachen, die ich nicht kenne. Manche der Grabmäler besitzen ganze Kuppeln als Dach.

Plötzlich höre ich ein Schaben. Ich fahre herum.

Verdammt. Ich muss wachsamer bleiben!

Das Gefühl, nicht allein zu sein, überwältigt mich jetzt. Irgendjemand oder irgendetwas läuft hier herum und könnte mir auflauern. Mich in eine Falle locken. Ich reibe mir den Nacken.

Mit dem Speer kreise ich in alle Richtungen. Strecke ihn vor mich, während ich mich durch die Gassen bewege. Bereit, jederzeit zuzustoßen. Mein Herzschlag hat sich beinahe dem prasselnden Regen angepasst, der unablässig auf mich herabströmt. Für einen Moment denke ich, ich habe die Orientierung verloren. Doch da sehe ich einen Ausgang. Eilig gehe ich darauf zu. Ich komme bei den normalen Soldatengräbern raus. Es sind gebogene Steine, die alle gleich aussehen, hier ist wieder eine Ordnung zu erkennen.

Ich wische mir einmal übers nasse Gesicht. Dann trete ich ein paar Schritte näher. Ich habe mich nicht getäuscht. Da ist wieder ein aufgebuddeltes Grab.

Panisch schaue ich mich um. Jemand muss hier gewesen sein. Gerade eben erst!

Mein Puls rast, ich kann ihn bis in den Hals spüren. Aber ich darf nicht zulassen, dass die Angst mich lähmt.

Ich sehe auf das Grab herab. Ich will es mir ganz genau ansehen. Jon könnte jedes Detail zu einer Lösung, wenigstens einer Vermutung verhelfen.

Eine kleine Pfütze hat sich bereits im ausgehobenen Viereck gebildet. Ein Stück Knochen guckt heraus, das der Regen sauber gewaschen hat.

Ganz vorsichtig gehe ich in die Hocke, um mir die Erde anzusehen. Was auch immer hier sein Unwesen treibt, für die Toten scheint es sich nicht zu interessieren. Sonst wäre das Skelett nicht mehr dort.

Es schüttelt mich. Ich suche nach irgendeinem Indiz, einem kleinen Detail, nach dem Abdruck einer Schaufel. Vielleicht ein Fellknäuel.

Doch der Regen hat alle Spuren verwischt.

Wo ist eigentlich der Totengräber?

Eine böse Ahnung macht sich in mir breit, und mit diesem unguten Gefühl fegt ein schneidender Wind an mir vorbei.

Es sind noch viele Stundenstriche bis zum Morgengrauen. Ich muss zurück zu Sam. Ich werde die Waffe nicht ein einziges Mal mehr loslassen.

8

Favilla. Unterrichtsraum Eins.

Ich stütze den Kopf auf die Hände. Meine Augenlider sind viel zu schwer, als wären Steinchen darauf befestigt, die an der Haut ziehen. Schnell reiße ich sie wieder auf, bevor Alric etwas bemerkt.

Ich finde Allgemeinkunde wirklich interessant, nur kann ich mich heute einfach nicht konzentrieren. Und das nicht nur wegen der Müdigkeit: Das ungute Gefühl, das seit der ersten Nachtwache in mir schlummert, ist lauter geworden.

Manchmal befreit Jon uns vom Ligenunterricht, wenn wir wegen des Zirkels besonders wenig Schlaf hatten. Aber eben nicht immer, sonst würde es auffallen.

Eine Weile starre ich auf den Leuchter an der Decke. Eine der vier großen Kerzen ist fast ganz heruntergebrannt, ich beobachte, wie der Docht im Bodenwachs erstickt, dann blicke ich wieder auf die Hinterköpfe der Schüler, die vor mir sitzen, auf Alric, der etwas über verschiedene Holzarten erzählt.

Melvins Schreibfeder kratzt neben mir über das Pergament. Sonst hört er nicht so eifrig zu. Vielleicht ist das so ein Jäger-Ding, schließlich sagen ihm diese ganzen Baumnamen etwas. Das Feuerweidenholz wird zum Flechten der Phönixnester verwendet,

Ahornholz ist nicht sehr witterungsfest, und aus dem Holz des Kirschbaums werden zum Teil Werkzeuggriffe hergestellt – unter anderem der Griff meines Pickels, mit dem ich nach Eisenerz geschlagen habe. Aber mehr bleibt heute nicht hängen.

Sam sitzt zwei Reihen vor mir. Sie kann die Augen bestimmt auch kaum aufhalten.

Seit wir die zwei Nächte auf dem Friedhof zusammen verbracht haben, ist es anders, wenn ich sie sehe.

Ich denke daran, wie sich ihre Haare im Morgengrauen gekräuselt haben, und ich kann mich nur mühsam beherrschen, sie nicht die ganze Zeit anzusehen. Das Grün in ihren Augen …

Und dann ärgert es mich. Wenn wir nur nicht auf diesen verdammten Friedhof müssten. Ich wäre lieber an einem anderen Ort mit ihr allein. Irgendwo, wo wir unsere Waffen nicht griffbereit neben uns liegen haben müssen. Und am besten bei echtem Tageslicht. Mich würde wirklich interessieren, wie sie im Sonnenschein aussieht.

Ich reibe mir die Augen. Seltsame Gedanken. Schlafmangel tut mir nicht gut.

Als ich noch mal einen kurzen Moment nachgebe und die Lider schließe, pikt mich Melvin mit dem Federkiel in den Arm. Schon zum dritten Mal.

Nach dem Ende des Unterrichts schleppe ich mich trotzdem zum Pult vor. Ich habe mir vorgenommen, Alric eine Frage zu stellen, egal, wie heftig mein Schädel brummt.

Ich bewundere Alric dafür, wie er sämtliche Daten und Einzelheiten einfach so aus seinem Gedächtnis abrufen kann. Er hat jetzt um die vierzig Jahresumläufe hinter sich und weiß unglaublich viel. Er ist eine wandelnde Bibliothek.

Alric hat den Kopf über ein Stück Pergament auf dem Steinpult gebeugt, dabei rutscht ihm der lange, hellbraune Pferdeschwanz über die Schulter.

Ich räuspere mich, kurz überlege ich, ihn mit dem Finger anzutippen, aber das wäre bei einem Lehrenden dann doch unangebracht.

»Alric?«, sage ich.

Er fährt herum.

»Darf ich dich etwas fragen?«

»Das kommt auf die Frage an.« Er streicht sich sein Hemd über der Brust glatt und stellt sich vor das Pult.

Ich warte noch kurz, bis das Schülergewirr hinter mir etwas leiser wird. »Hast du mal etwas von der Legende des Fleischreißers gehört?«

Mir fällt auf, wie breit seine Nase ist. Von Nahem wirkt er irgendwie anders.

»Ich habe davon gehört.« Seine Stimme ist ganz ruhig, als er zu reden beginnt, obwohl er schnell spricht. »Die Bestie, die Gräber aufbuddelt, um die verlorene Tochter zu finden. Der Letzte seiner Art, getrieben von Schmerz und Wut.«

»Und, glaubst du, das stimmt?«

Alric lehnt sich mit verschränkten Armen an das Pult. »Der *Fleischreißer* frisst Leichen, der *Ring des Phönix* ist ein Artefakt, das dir unglaubliche Macht verleiht, im Süden gibt es einen *König in Gelb*, und der Blick in die Augen einer Harpyie kann dich augenblicklich in den Wahnsinn treiben.« Er redet flüssig, ohne Pausen, als würde er vorlesen. »Es sind Legenden. Es gibt Tausende von diesen Geschichten, vielleicht haben einige einen wahren Kern, aber niemand kann das bezeugen.« Er zeigt mit dem Finger auf seine Augen. »Ich verlasse mich nur auf das, was ich sehe.«

Am Abend schleppe ich mich direkt nach dem Essen in Richtung Schlafzelle. Die Gedanken toben in meinem Kopf.

Jon sagt, er schließe nichts aus. Alric sagt, er verlässt sich nur auf das, was er sieht.

Und was glaube ich?

Ich massiere mir die Schläfen. Die Dunkelheit in den Gängen macht mir für gewöhnlich nicht viel aus, aber heute bin ich über jede Fackel froh, die die Gänge erhellt.

Als ich um die Ecke in den Brunnenraum biege, sehe ich den Schachteingang in einigen Schritten Entfernung. Eine Gestalt in Leinen beugt sich über die Öffnung.

»Alles in Ordnung?«, rufe ich.

Der Kopf hebt sich aus dem Brunnen. Es ist Nora.

Ein weißes Dreieck zeichnet sich über ihren Mund, und ihre Haare sind an den Rändern nass. Sie ist verschwitzt vom Training im Gemeinschaftsraum. Ich weiß, dass sie schon seit einigen Wochen hart an sich arbeitet, weil Nikolai überlegt, sie in Liga Eins Hiebwaffen aufzunehmen.

»Was tust du da?« Ich komme vor ihr zum Stehen und werfe ebenfalls einen Blick in das schwarze Loch hinunter. Meist hängt das Seil ganz still. Aber nun schaukelt es hin und her.

»Ich war auf dem Weg zurück in den Gemeinschaftsraum, da habe ich dieses Rauschen gehört.« Sie deutet in den Brunnen. »Ich glaube, dort unten ist eine große Menge Wasser in Bewegung.«

Ich lausche nochmals. Obwohl das Wasser bereits gestiegen sein muss, klingt es noch immer, als wäre es ganz weit weg.

»Ich hab dieses Rauschen neulich schon mal gehört, aber in der Bibliothek.« Ich kratze mich am Kopf. »Hat das schon jemand Jon berichtet?«

Sie nickt. »Er weiß davon und meint, es ist normal, dass die Wasseradern bei großen Regenfällen anschwellen, aber die Wände halten das aus.«

»Gut.« Ich fahre mir einmal durchs Haar, dann beuge ich mich wieder über die Öffnung, starre lange in das schwarze Loch, von dem kühle Luft aufsteigt. Als würde der Brunnen atmen.

Nora rückt ein Stück näher. »Vermisst du Lucas?«, fragt sie mich plötzlich.

Verwundert richte ich mich auf. »Hm. Ja. Aber hauptsächlich frage ich mich, warum er fliehen wollte.« Ich sehe erwartungsvoll in ihr Gesicht. »Ihr habt immer so viel zusammen geübt, hast du vielleicht eine Ahnung?«

»Nein, er hat nie etwas angedeutet.« Sie macht eine kurze Pause und sieht nach unten. »Mir fehlt er auch.«

»Weil du so gern gegen ihn verloren hast?«, scherze ich, um die Situationen ein wenig aufzulockern, aber unser Lachen hallt im Brunnen unheimlich wider, und wir verstummen.

Sie reibt sich die Arme. »Weißt du, was ich seltsam finde?«

»Mh?«

Sie sieht einmal über ihre Schulter, um sicherzugehen, dass wir allein im Raum sind. »Die Wachen wurden erst gesichtet, nachdem Lucas geflohen ist.« Sie schluckt. »Denkst du, dass er … dass er Favilla vielleicht verraten hat?«

»Auf keinen Fall«, sage ich abrupt, Hitze steigt mir in den Kopf. »Dann wüssten sie doch schon längst, dass wir *hier* unter der Erde sind. Und überhaupt …« Meine Stimme ist fest. »Lucas würde so etwas nie tun.«

»Du hast ja recht.« Sie seufzt. »Ich versuche nur, mir die Dinge, die geschehen, irgendwie zu erklären.«

»Schon gut.« Ich lege eine Hand auf ihren Arm, der auf der

Kante des Brunnens lehnt. »Mir geht es genauso«, sage ich, obwohl das wahrscheinlich gelogen ist. Mir geht es viel schlimmer.

Der Drang, Antworten zu erhalten, wächst von Tag zu Tag. Und je mehr ich erfahre, desto stärker wird er.

9

Favilla. Schlafzelle.

Ich höre, wie meine Mutter den Lappen auswringt, wie das Wasser in den Eimer zurücktröpfelt. Das Keuchen meines Vaters, wenn er den schweren Eimer anhebt und zur Hüttentür rausgeht, um das dreckige Wasser wegzuschütten. Wie es dort in das Gras einsickert.

Ich hasse das Geräusch dieses Wringens, wie der Stoff zusammengezwirbelt wird. Die roten Hände meiner Mutter.

Ich wälze mich auf dem Fellbett hin und her, irgendwo zwischen Traum und Wach.

Rauschen, überall ohrenbetäubendes Rauschen.

»WASSER!« Ich höre jemanden brüllen. »Wassereinbruch!«

Lautes Hämmern gegen die Tür. »Raus, raus aus den Zellen!«

Mit einem Mal sitze ich senkrecht im Bett. Melvin kommt auch gerade zu sich. Er dreht sofort den Docht der Öllampe höher. Ein kurzer Blick auf den Boden genügt: Wasser steht knöchelhoch in der Zelle.

»Scheiße!«, flucht Melvin. »Scheiße!«

Wir hören die Schreie von draußen. Es bebt, es rauscht. Es muss eine gewaltige Menge an Wasser sein, die durch den Stein gebrochen ist.

»Wir müssen sofort hier raus!« Ich stapfe in das Wasser. Es legt sich um meine Füße wie eisige Ketten. Schnell ziehe ich mir das Leinenhemd aus und kremple die Hose hoch.

Melvin sieht mich kurz verwirrt an. Dann versteht er und macht es mir hektisch nach.

Wir stehen seitlich vor der Tür, haben beide eine Hand am Griff, tauschen einen schnellen panischen Blick, das Wasser läuft bereits an den Scharnieren herein. Es steigt viel zu schnell und reicht mir jetzt schon bis zu den Waden. Wir wissen, dass uns eine kräftige Wasserflut entgegenströmen wird, sobald wir die Tür öffnen.

»Kannst du schwimmen?«, frage ich.

»Ja.« Melvin nickt hastig. Seine Augen sind riesig.

»Gut. Auf drei!«

Wir zählen zusammen. »Eins. Zwei. Drei.«

Mit einem Ruck ziehen wir am Griff.

Wasser schießt rein. Ich verliere das Gleichgewicht und taumle ein paar Schritte nach hinten.

Etwas stößt gegen meine Knie: Nicht nur Wasser strömt in die Zelle.

Eine Kerze, ein paar Felle, Trinkschläuche und ein Buch. Ich ziehe es aus dem Wasser, das Pergament trieft. Die ganze Tinte ist verwischt, all das Wissen dahin.

Der Wassereinbruch scheint selbst die Bibliothek zerstört zu haben. Wir müssen die Bücher irgendwie retten!

Melvin schlägt mir das Buch aus der Hand, es platscht zurück ins Wasser. »Was machst du denn da? Komm jetzt!«

Er watet in den Gang. Ich werfe einen letzten Blick auf das angespülte Buch, dann folge ich ihm.

Im Gang steigt das Wasser unablässig. Es kommt von vorn, die Strömung arbeitet gegen uns!

Die Schreie der anderen Schüler dringen von allen Seiten zu mir, sie stecken sich gegenseitig an, bringen mich fast dazu, mit ihnen zu schreien. Kai ist so außer sich, dass er einen anderen Schüler umschubst, als er versucht, gegen die Flut anzukommen.

Das Wasser geht mir schon bis zur Hüfte! Wenn wir uns nicht beeilen, verschlingt uns dieser dunkle Käfig. Noch brennen die Fackeln über der Wasseroberfläche, aber wie lange noch?

Hilferufe dröhnen in meinem Kopf.

»Schneller!«

»Wo ist Mael?!«

»Marco, komm schon!«

Irgendjemand stürzt vor mir, ein anderer hilft ihm hoch. Es wird immer schwerer, gegen die Strömung anzukommen.

Ich kann nicht sehen, was unter der Oberfläche herumwirbelt, das Wasser ist braun.

Knochen spülen davon. Totenköpfe reiten über die kleinen Wellen, starren aus dem Wasser auf, schlagen gegen meinen Bauch. Namen werden durch die Gänge gebrüllt, aber die Flut übertönt die Rufe.

Ich sehe hektisch nach links. Melvin ist noch neben mir, er stützt sich seitlich an der Wand ab. Aus einer Zelle weiter vorn kommen zwei Schüler, sie halten sich an den Händen.

Blut rauscht in meinen Ohren, das Herz schlägt mir bis zum Hals.

Ich wate vorwärts, Melvin an meiner Seite. Noch kann ich den Boden unter den Füßen spüren. Ich weiß, wie es sich anfühlt, wenn er plötzlich nicht mehr da ist, wie einen die Schwere im Körper verlässt. Ich bin oft in den Bergseen geschwommen. Aber was ist mit den sechzig anderen Schülern?

Wie eine verzerrte Maske ist die Panik auf ihre Gesichter gezeichnet. Aufgerissene Augen, offener Mund.

»Noel!«

Ich fahre herum. Auch Phil trägt die Maske. Er steht noch halb in seiner Zelle, hilflos streckt er einen Arm nach mir aus. Das Wasser steht ihm bereits bis zum Bauch.

»Ich kann nicht schwimmen«, keucht er. »Ich kann … ich …«

»Ganz ruhig.« Ich wate auf ihn zu, umfasse seine Handgelenke und ziehe ihn zu mir. Nachdem ich einen Arm um seine Schulter gelegt habe, zerre ich ihn mit mir. Seine Hände krallen sich in meine Hüfte, sein ganzer Körper bebt und zittert, sein Atem rast.

Es ist nicht mehr weit bis zum Ende des Ganges. Wir werden das schaffen! Ich ziehe einen Fuß vor den anderen. Die Strömung ist wie ein tosender Sturm unter Wasser. Immer wieder rammt mich Treibgut, ein Fass wirft zwei Schüler vor mir um.

Melvin watet auf Kai zu, hilft ihm hoch und stützt ihn am Arm.

Der Gemeinschaftsraum! Ich kann den Treppenaufgang zur Ebene Eins erkennen, gleich sind wir da. Gleich haben wir es geschafft. Nur noch ein paar Schritte.

Meine Muskeln brennen.

Vor dem Ausgang drängen sich noch andere Körper neben mich. Ich suche die Reihen ab. Meine Augen huschen hin und her.

Wo ist Sam?

Ich suche weiter die Gesichter ab. Moa und Callan halten Nachtwache, der Rest muss in den Zellen gewesen sein.

Das Wasser steigt und steigt. Ein stetig anschwellendes Rauschen.

Das Klopfen in meiner Brust wird immer dumpfer, heftiger. Ich sehe nach rechts, dann wieder nach links.

Wo ist sie?

Am Treppenaufgang entdecke ich Estelle und Nora. Sie halten den Schülern Holzschwerter, um sie daran hochziehen zu können.

Ich komme näher, stütze Phil mit beiden Händen am Rücken ab. Er klammert sich keuchend an das Holz. Gemeinsam ziehen sie ihn hoch auf die Stufen, wo er erst mal wieder zu sich kommen muss.

»36.« Es ist der Dürre, der halb im Wasser steht und eine Fackel weit nach oben hält. Sein nasses, weißes Gesicht starrt mich an.

»37«, sagt er.

»Los, los.« Mirlinda steht am Treppenaufgang, sie packt meine Hand. »Sind noch viele Schüler in den Zellen?«, fragt sie.

»Ich weiß es nicht«, sage ich.

Ich erkenne Roland neben ihr, er hilft den Schülern ebenfalls auf die Treppen. Mit starkem Griff holt er einen nach dem anderen auf die höhere Ebene. Ich erblicke einige Gestalten an der Abzweigung zum Mädchenflügel. Liv. Sie rudert wild mit den Armen. Sie kämpft sich zu uns vor, Wasser spritzt. Johanna.

Und endlich Sam. Ihr Blick streift kurz meinen, und etwas löst sich in mir. Sie sieht abgekämpft aus, aber sie schreit nicht wie die anderen, sie ist nur blass, wie unter Schock.

»Zieht ihn raus!«, schreit Mirlinda plötzlich laut über das Chaos.

Ich wirble im Wasser herum. *Nein, bitte nicht!*

Ein schlaffer Körper treibt mit dem Gesicht auf der braunen Brühe. Die Haare liegen in einem Halbkreis um den Kopf, er hat die Arme von sich gestreckt.

Ich wate, so schnell ich kann, auf den Jungen zu, Melvin und ich ziehen ihn aus dem Wasser. Mael. Er heißt Mael.

»Gemeinsam!«, ruft Melvin.

Wir nehmen seine Arme je über eine Schulter, aber sein Kopf kippt nach unten, und ich traue mich gar nicht, in sein Gesicht zu sehen. Seine Arme fühlen sich schon ganz kalt an, viel zu schlapp.

»Zu mir.« Roland streckt am Treppenaufgang die Arme nach ihm aus, und wir übergeben den kraftlosen Körper.

Roland hievt ihn wie eine Puppe aus dem Wasser. Maels Kopf hängt noch immer schlaff nach unten. Er gibt keinen Laut von sich. *Bitte lass es nicht zu spät sein, bitte nicht.*

»Alle hoch in den Brunnenraum«, brüllt Roland über die schreienden Schüler und das tosende Wasser.

Aber ich bleibe noch mit Estelle und Nora auf den Treppen stehen, wo das Wasser immer weiter zu uns heraufkriecht. Dort helfe ich den letzten Schülern aus dem Wasser. Ich schiebe sie an ihren Rücken vorwärts, zerre sie an den Händen voran. »Los!«, schreie ich. »Los!«

Ich höre ihr Keuchen, ihre Rufe.

Nicht das steigende Wasser, nicht die Angst vorm Ertrinken: Es sind die grausamen Panik-Masken, die mir Angst machen und die ich den Schülern vom Gesicht reißen möchte. Nicht meine Angst – *ihre* Angst graut mir.

Es sind bestimmt zwanzig, die wir noch rausholen können. Kraftlose, erschöpfte Körper. Ich nehme gar nicht wahr, wen ich da eigentlich auf die Treppen befördere. Dann kommt niemand mehr. Das Wasser ist unten schon auf Brusthöhe, jetzt wird es auch für mich schwer, der Strömung standzuhalten. Ich spüre, wie meine Beine unter Wasser zittern, wate zu den Treppen.

Roland überblickt ein letztes Mal den Gang, sieht über die Totenschädel und die Knochen, schaut, ob er in dieser dunklen, dreckigen Masse vielleicht noch irgendwo einen Haarschopf erkennen kann. Da ist nichts mehr, nur das dunkle Wasser.

»Okay, alle hoch!«, brüllt er. »Wir müssen den Aufgang dämmen!«

Im Brunnenraum in Ebene Eins schleppen Schüler und Begrabene Leinensäcke heran. Sie hieven immer zu zweit einen Sack hoch und werfen ihn zum Eingang an den Treppen, damit wir das Wasser aufhalten können, wenn es Ebene Eins erreicht.

Ein nächstes Schülerpaar schleppt einen Leinensack. Er platzt auf, Johanna flucht laut. Dunkle Erde fällt auf den Boden. Jon muss trotz allem vorbereitet gewesen sein. Irgendjemand muss die Säcke befüllt haben.

Vermutlich wollen sie das Wasser zurück in den Brunnen leiten.

Ich sehe, wie Roland den Dürren befragt.

»57«, sagt der immer wieder. »57.«

Sein Gesichtsausdruck verändert sich dabei nicht, aber ich erkenne eine Regung in Rolands Gesicht. Er reibt sich das Kinn. Sein Blick schweift über die Schüler.

Die nassen, farblosen Gewänder kleben an ihren Körpern. Einige fassen sich an den Schultern, halten sich im Arm. Manche sitzen aber auch nur zusammengesunken auf dem Boden oder kauern an einer Wand, andere packen nervös mit an. Die meisten zittern vor Kälte. Phil hat sich das Leinenhemd ausgezogen, um es auszuwringen. Ich beiße die Zähne zusammen bei dem Geräusch. Ich hasse das.

Sam lehnt am Brunnenschacht, Tropfen fallen von ihren nassen Haaren und platschen auf den Boden, haben bereits eine kleine Pfütze auf den Steinplatten gebildet.

Sie nestelt an ihrer Hosentasche herum, stopft irgendetwas rein, das dort eine Beule hinterlässt. Das Hemd klebt an ihr wie eine zweite Haut. Ihre Hüften zeichnen sich darunter ab. Sie wischt sich einmal übers Gesicht, wieder treffen sich unsere Blicke. Ich versuche mich an einem Lächeln. Sie lässt die Arme langsam sinken. Irgendetwas liegt in ihrem Blick, das ich nicht deuten kann.

Roland sucht weiterhin die Reihen ab, sein Gesichtsausdruck entspannt sich nicht. Ich zähle mit. Und dann verstehe ich.

Die Erkenntnis schlägt wie ein Felsbrocken in meinen Bauch.

Lennart!

Lennart fehlt. Ich drehe den Kopf nach rechts, dann wieder nach links. Jetzt murmle ich die Worte erschrocken vor mich hin. »Lennart fehlt.«

Er hat eine Einzelzelle, und er kann bestimmt nicht schwimmen.

Oh nein. Ich sehe den kleinen, dünnen Schüler vor mir, wie er machtlos gegen die Wassermassen paddelt. *Nein, nein, nein.*

Da gibt es nichts mehr zu überlegen.

Roland dreht sich um, sieht mich genau an. Er schüttelt lautlos den Kopf, die Lippen zu einer strengen Linie verzogen.

Aber ich ignoriere ihn einfach. Lennart ist noch irgendwo da unten, und ich werde sicher nicht hier sitzen und warten, bis er ertrunken ist.

Ich mache auf der Stelle kehrt, steige über die ersten gestapelten Leinensäcke.

»Noel!«, brüllt Roland. »Du kannst ihn nicht retten, Noel!«

Er macht ein paar Schritte auf mich zu, ich merke noch, wie sein Arm nach mir greift, aber da stürme ich schon die Treppen hinunter.

10

Favilla. Gemeinschaftsraum.

Ich tauche aus der stinkenden Brühe auf und höre erneut Rolands lautes, tiefes Brüllen hinter mir: »Komm sofort zurück, das …«

Ich bewege mich kraulend vorwärts, so wie Earl mir das im Bergsee beigebracht hat. Mit der Strömung komme ich schnell voran. Die Fackeln sind mittlerweile alle erloschen, es ist stockdunkel. Das Wasser ist so eisig, dass es mir den Atem nimmt. Lose Gegenstände schwimmen mit mir, wahrscheinlich Knochen. Der Sog ist stark, aber ich kämpfe mich durch die tiefschwarze Masse, ein bisschen kann ich steuern. Ich kenne diese Gänge, das ist mein Favilla, ich schaffe das!

Halt durch, Lennart, halt einfach durch.

Irgendwie muss ich zu den Einzelzellen kommen. Ich strecke meine Hände nach oben. Eine Armeslänge bis zur Decke.

Das ist viel zu knapp.

Egal. Ich muss weiter, immer weiter vorwärtsschwimmen. Tiefer in den Käfig. Gegenstände streifen mich unter Wasser, berühren mich an den Waden. Ich höre etwas vor meinem Gesicht gegeneinanderschlagen.

»Lennart!«, brülle ich, und Wasser schwappt mir in den Mund. Ich würge, huste. »Lennart!«

Ich müsste längst die letzte Zelle im Gang erreicht haben, aber ich weiß, wie sehr man sich in der Dunkelheit verschätzen kann. Er muss doch hier sein! Bin ich etwa falsch abgebogen?

Auf einmal kann ich ein dumpfes Klopfen ausmachen, dann Rufe. »Hilfe! Hilfe!«

»Ich bin es, Noel«, schreie ich zurück. Ich klammere mich an den Fels. Meine Hände rutschen ab, finden wieder Halt, und ich kann meine Füße unter Wasser in eine Wandnische zwängen. Ich stemme mich gegen die Strömung. »Ich hole dich da raus!«

»Die Scharniere sind verkantet, ich bekomme sie nicht auf.« Seine Stimme überschlägt sich.

»Halt dich irgendwo fest«, rufe ich.

Das Wasser steigt unermüdlich, wir werden beide ertrinken, wenn mir nicht sofort etwas einfällt. Das Rauschen macht jedes Denken unmöglich. Die Strömung reißt an mir. Lennart darf nicht sterben. Das werde ich nicht zulassen!

Ich fasse nach einem Totenkopf, der gegen meinen Körper spült. Ich schlage ihn wie wild gegen das Eisen an der Tür, aber er zerbricht. Mist. Mist. Mist.

Immer mehr Wasser. Überall. Wasser, Wasser.

Noel, denk nach, denk!

Ich weiß, dass schwere Gegenstände versunken am Boden liegen.

Ich tauche. Noch mehr Schwarz. Mit den Händen taste ich am Boden entlang. Nur rauer, flacher Boden. Nichts. Bis ich etwas mit den Händen ertaste. Ein Stein? Ich greife zu und breche damit durch die Wasseroberfläche. Es scheint tatsächlich ein Stein zu sein, etwa zwei Faust groß.

»Du musst weg von der Tür, da wird gleich richtig viel Wasser in die Zelle fluten«, brülle ich.

Stille auf der anderen Seite der Wand.

»Lennart! Hast du mich verstanden?«

»Ja«, wimmert er.

»Wenn ich es sage, holst du noch einmal tief Luft«, weise ich ihn an. Ich schlage den Stein gegen das Eisen. »Eins.« Noch mal. »Zwei.«

Das obere Stück springt bereits auf. Es wird gleich nachgeben. Jetzt. Das Eisen bricht auf.

»Los! Weg von der Tür!«

Ich spüre, wie die Steintür durch den Wasserdruck nachgibt. Mit unglaublicher Kraft werde ich in Lennarts Zelle gespült, werde dort hin und her gewirbelt wie ein loses Blatt im Wind. Plötzlich bin ich unter Wasser. Ich versuche, aufzutauchen, schnappe nur ganz kurz nach Luft, dann zieht mich schon wieder etwas nach unten. Lennarts Fuß kickt in meine Hüfte, stößt in meinen Bauch. Er zappelt, reißt mich runter, ich schlucke Wasser. Kurz kann ich noch mal Luft holen, aber da peitscht mir das Wasser wieder ins Gesicht. Lennart klammert weiter. *Luft, ich brauche Luft!*

Mit dem Bein stoße ich gegen seine Rippen, schubse ihn von mir.

Ich weiß nicht mehr, wo oben und unten ist, wie voll die Zelle bereits ist. Kurz bin ich frei, und mein Kopf stößt endlich durch die Wasseroberfläche. Ich huste, würge, atme.

Über mir wird irgendwas Großes angespült. Ich reiße die Arme hoch, bevor es mit Wucht gegen mich schleudert, eine scharfe Kante schlitzt mir die Haut auf.

Lennart paddelt wild neben mir, er röchelt irgendwas, aber seine Worte werden gnadenlos vom Wasser geschluckt. Ich greife nach ihm, ziehe ihn am Arm hoch, kann trotz des lauten Wasserrauschens hören, wie er keuchend Luft holt.

Mit der anderen Hand taste ich nach dem angespülten Gegenstand. Bekomme ihn zu fassen. Es ist Holz. Vermutlich ein Teil eines Regals.

»Halt dich dort fest.« Ich schiebe das Holz zu ihm. Er umschlingt es und hustet unkontrolliert, zwischendurch schnappt er hektisch nach Luft.

Ich strecke einen Arm nach oben. Ein halber Schritt noch bis zur Decke. Die Zelle muss bald vollgelaufen sein. So lange müssen wir noch durchhalten, sonst haben wir keine Chance gegen die Strömung.

Ich suche in der Dunkelheit nach Lennarts Schultern, halte ihn fest, damit er weiß, dass ich da bin.

»Bist du okay?«, rufe ich.

»Noel, was jetzt?«, sagt Lennart, er kann kaum sprechen. »Noel?«

»Wir schaffen es hier raus.« Und ich sage es mindestens so sehr für mich wie für ihn. »Du musst ruhig atmen!«

»Ich … ich«, stammelt er, wird aber von einem heftigen Hustenanfall unterbrochen. Unter Wasser fasse ich nach seiner Hand und drücke sie.

Dann halte ich mich ebenfalls am Rand des Holzstücks fest, wir schwappen hin und her, das hereinfließende Waser hat uns längst ans Zellenende getrieben. Die Steinwand kratzt schmerzhaft über meinen Rücken. »Wir müssen warten, bis die Zelle vollgelaufen ist!«

Von Lennart dringen nur noch Schluchzer zu mir durch. Und jetzt kann auch ich kaum mehr an mich halten, aber vor Lennart muss ich stark sein. Ich muss einfach glauben, dass wir es schaffen.

»Du musst gleich mithelfen, hörst du!«, schreie ich.

Ein Schniefen.

»Du lässt meine Schultern nicht los, aber du musst deine Beine bewegen, du musst mitschwimmen. Immer abwechselnd hoch- und runterschlagen.«

Wieder nur ein Schniefen.

»Lennart, hast du das gehört!?«

»Ja«, wimmert er.

Ich habe die Augen in der Dunkelheit weit aufgerissen, ins aussichtslose Schwarz. Ich darf nicht ans Aufgeben denken, auch wenn ich selbst am liebsten schreien würde, so laut ich kann.

Meine Beine strampeln im eisigen Wasser, mein ganzer Körper bebt von innen. Ich will Lennart und mich nur noch hier rausbringen.

Ich taste mit einer Hand nach oben, gleich stoßen wir gegen die Decke.

Wir müssen unsere Köpfe schräg legen. Ich halte das nicht aus!

»Wir werden sterben, Noel, wir werden sterben …«

»Hör auf!«, schreie ich jetzt, laut und verzweifelt, weil ich mit jedem seiner Worte spüre, wie auch meine Kraft aus den Beinen schwindet. *Durchhalten, Noel.*

»Nein«, wimmert er, als das Holzstück von seinen Händen gleitet, weil der Abstand zur Decke nun zu knapp ist.

»Ich hab dich!« Ich umschlinge seinen Körper, um ihn oben zu halten, dabei zieht es mich jedoch selbst immer wieder nach unten. Nur noch eine Handbreit trennt unsere Nase jetzt von der Decke. Ich stoße mit der Stirn mehrmals gegen den Stein.

Lennarts Atmung überschlägt sich, er versteift. Mein Gesicht fühlt sich taub an. Leere breitet sich in meinem Kopf aus.

Das Rauschen wird leiser. Gleich müssen wir lostauchen.

»Okay, Lennart. Jetzt.«

Seine zitternden Hände krallen sich in meine Haut. Ich hole tief Luft und stoße mich mit den Beinen an der Wand ab, so fest ich nur kann. Lennart greift an meine Schultern. Ich klammere mich an der Tür fest, so kann ich die Kraft nutzen, um uns vorzuziehen.

Ein kräftiger Ruck, wir tauchen durch die Öffnung.

Wir sind im Gang. Unter Wasser greift die Strömung nach mir. Sie ist nicht mehr ganz so stark, jetzt, wo die Gänge gefüllt sind. Aber es reicht, um mich nach hinten zu wirbeln. Ich packe den Türrahmen. Schleife an der Wand entlang, schürfe mir den Arm auf. Aber ich schaffe es, mich festzuhalten.

Lennarts Hände umgreifen in Panik meinen Hals, ich schiebe sie zurück auf meine Schultern, seine Füße stoßen immer wieder gegen meine.

Wir müssen die Treppen erreichen! Ich gebe alles, aber wir kommen viel zu langsam gegen die Strömung an. Ich rudere, so gut ich kann, mit meinen Armen und Beinen, ich kann nur überhaupt nicht schätzen, wo wir sind. Lennart zappelt auf meinem Rücken. Ob er das durchhält? Die Luft wird knapp. Meine Kehle zieht sich zusammen. In meiner Brust wird es ganz eng. Viel zu eng, ich platze.

Die Rauchschächte!

Ich taste mit einer Hand an der Decke entlang, angle nach den Fackelhalterungen an den Wänden, mit der anderen versuche ich, Lennart weiter hinter mir herzuziehen. Ich finde eine Öffnung, einen Rauchschacht. Schnell tauchen wir nach oben und schnappen in dem kleinen schwarzen Viereck nach Luft. Gerade so passen unsere beiden Köpfe hinein, unser Atem hallt im Schacht. Das Wasser reißt an uns, es wird immer schwerer, sich dagegenzustemmen. Wir müssen weiter!

»Los!«, keuche ich. Ein letztes Mal holen wir Luft, dann geht es wieder unter Wasser.

Druck presst auf meinen Ohren.

Ich versuche, mich immer wieder an den Wänden abzustoßen, damit wir so schnell vorankommen wie möglich, aber es fühlt sich an, als würden wir uns auf der Stelle bewegen. Ich versuche, nach der nächsten Fackelhalterung zu greifen, doch ich ertaste nur nackten Stein.

Einfach immer weiter. Abzweigungen. *Hier rechts.* Dann links. *Weiter, weiter, weiter.* Die Kraft schwindet aus meinem Körper.

Die Enge, die vorher nur in meiner Brust war, ist jetzt überall. Als würden sich tausend Hände um mich legen und gleichzeitig zudrücken, ganz fest drücken, bis ich erstickt bin, und ich kann sie nicht von mir reißen, ich kann einfach nichts tun, sie zerquetschen mich. Gleich ist der Punkt erreicht. Gleich sind alle Reserven aus meiner Lunge gepumpt.

Schwindel überfällt mich. Ein paar Züge komme ich noch voran, dann will ich hochtauchen, aber über mir ist nur Decke.

Ich ertaste einen Luftschacht, schiebe den Kopf hindurch, aber selbst der ist vollgelaufen.

Alles drückt mich zusammen. Wir sind gefangen. Es gibt keinen Ausweg. Wir müssten doch längst im Gemeinschaftsraum sein. Warum sind wir nicht da?

Wasser strömt eisig in meine Lungen, ich habe verloren. Jetzt ist alles aus.

Ich umklammere Lennarts Hand immer fester.

Es ist dunkel, es ist einfach nur überall dunkel. Ich habe die Orientierung verloren. Schwimmen wir überhaupt noch in die richtige Richtung? Die Stille unter Wasser verwandelt sich in ein lautes Dröhnen.

Mein ganzer Brustkorb ist ein einziger reißender Schmerz.

Und in all dieser Schwärze taucht plötzlich Lucas' Gesicht vor meinen Augen auf. Ich kann sehen, wie er die Hände ausstreckt, wie er versucht, mir etwas zu sagen, und dabei steigen ganz viele Blasen aus seinem Mund auf.

Ich will auf ihn zuschwimmen, aber es zieht mich nach unten. Ich bekomme keine Luft mehr. Ich bekomme keine Luft mehr. Ich bekomme keine Luft mehr. Der Druck auf meinem Körper ist jetzt überall. In meinem Bauch, im Hals, im Kopf. Und Lucas schreit auf einmal. *Ich weiß, Lucas. Ich weiß.*

Lennarts Finger lösen sich von meinen.

Dann nichts mehr.

Ein Husten, es dringt von weit her in meine Ohren. Mein Körper zittert. Ich reiße die Augen auf.

Mirlinda klopft mir gegen die Wange. Sie sieht auf mich herab. Meine Augen fallen wieder zu.

Wieder Husten. Mein Körper krampft. Ich blinzle. Tropfen fallen aus Mirlindas blonden Locken auf mein Gesicht.

Wildes Stimmengewirr um mich herum. Mein Hals brennt. Ich muss Wasser ausgespuckt haben.

Schlagartig richte ich mich auf und sehe nach rechts, dann nach links. Lennart! Wo ist Lennart?

Ich sehe wieder in Mirlindas Gesicht, habe Angst, was sie sagen wird, aber sie lächelt matt.

»Er ist wohlauf«, sagt sie.

»Wie … wie bin ich aus dem Wasser gekommen?«

»Ihr wart schon fast beim Gemeinschaftsraum. Als das Wasser immer höher stieg, sind die Begrabene Ella und ich noch mal zurück. Wir sind fast direkt auf euch gestoßen und haben euch rausgeholt. Ich hab dich bis zu den Treppen gezogen, und Ella hat Lennart erwischt.«

Ich lehne mich wieder zurück und lasse den Kopf sinken. Und eigentlich will ich jetzt für immer so liegen bleiben. Alles tut weh.

»Danke, Mirlinda«, krächze ich.

Ich falle in einen Dämmerzustand. Spüre nur noch einmal kurz die Tropfen, die von ihren Haaren auf meine Wangen fallen.

»Legt ihn dort rüber auf eines der Felle.«

Arme zerren an mir.

Und dann wird es still. Ich sehe wieder meinen Vater, wie er schwere Eimer aus der Hütte trägt, wie meine Mutter den Lappen wringt, und irgendwo hinter einer Tür höre ich Claire lachen.

11

Favilla. Brunnenraum.

Ich friere, obwohl man mir Felle übergeworfen hat. Die Klamotten haften an mir, ein fauliger Geruch geht von ihnen aus. Noch hat keiner bemerkt, dass ich wach bin, sodass ich meinen Blick in Ruhe durch den Raum schweifen lassen kann.

Lennart liegt ein paar Schritte von mir entfernt. Sie haben ihn ebenfalls in Felle eingewickelt, er scheint noch zu schlafen.

Ich betrachte das Treiben um mich herum wie durch einen Schleier. Wenn ich an das Wasser und die Gänge denke, fühle ich sofort wieder diesen Druck in meinem Kopf.

Mein ganzer Körper besteht nur aus Schmerz: ein Pochen in meinem Oberschenkel, Schürfwunden an Stirn, Rücken und Armen, das Brennen im Hals, und meine Schulter fühlt sich verrenkt an. Als würden sich dort noch immer Lennarts Hände hineinkrallen.

In einer Pfütze vor mir schimmern die Lichter der Fackeln. Die Begrabenen haben die Leinensäcke zu einer Art Kanal aufgeschichtet. Alles, was an Wasser aus Ebene Zwei die Treppen heraufkommt, wird direkt zum Brunnen weitergeleitet, wo es wieder abfließt. Sie haben es tatsächlich geschafft, diese Menge an Wasser aufzuhalten.

Überall riecht es nun nach Erde. Wer weiß, ob in diesen Klumpen nicht noch Leichenreste drin sind.

Jon muss auf diesen Notfall vorbereitet gewesen sein. Natürlich war er das.

Ich frage mich, was den Wassereinbruch verursacht hat. Es gab schon öfter solch starke Regenfälle, hat Nora gesagt, doch es ist nie etwas passiert.

In den Bergwerken habe ich schon davon gehört, dass bei den Goldschlägern aus Versehen Wasseradern angestochen wurden und viele der Kumpel in den Stollen ertrunken sind. Aber hier gräbt sich ja schließlich niemand vorwärts.

Mir fallen die Bücher ein. All die Schriftrollen, das ganze Wissen. Alles weggespült. Was muss das für Favilla bedeuten? Und was ist mit den Lehrenden? Wo ist Jon? Haben es alle Schüler geschafft? Was …

Eine Hand streicht mir durchs Haar. Ich sehe verwirrt auf.

Estelle hat einen Trinkschlauch und ein Schälchen mit Pilzen und Wurzeln in der Hand. Sie sieht ganz anders aus, wenn ihre Haare feucht sind. Die Lockenmähne ist verschwunden.

»Wie fühlst du dich?« Sie setzt sich im Schneidersitz vor mich und stellt mir die Sachen hin.

Ich versuche, mich langsam ein bisschen aufzurichten, dabei spüre ich einen ziehenden Schmerz an der Hüfte. »War schon mal besser«, sage ich.

»Hier, nicht dass du verhungerst.« Sie schiebt mit der Fingerspitze das Schälchen etwas näher in meine Richtung und lächelt.

Ich denke an die eklige braune Totenwasserbrühe, die da vielleicht noch in meinem Magen herumschwimmt. Ein paar Wurzeln können sicher nicht schaden. Ich nehme eine davon in die Hand.

»Was ist mit Mael?«, frage ich.

Sie verzieht das Gesicht, dann schüttelt sie kaum merklich den Kopf. »Du hättest besser zuerst etwas anderes gefragt.«

Ich lege die Wurzel wieder zurück in die Schale. Vielleicht vertrage ich doch noch nichts. Wir schweigen. Ich schlucke den Kloß in meinem Hals hinunter.

»Wie haben die Lehrenden reagiert? Haben alle überlebt?«

Estelle senkt ein wenig die Stimme. »Ebene Drei ist luftdicht. Sie sind durch den Sarkophag des Phönixwächters in Ebene Eins gelangt. Das Wasser hat nur Ebene Zwei geflutet, woher es kam, wissen wir noch nicht.« Sie sieht einmal schnell zum Brunnen. »Aber die Begrabenen hatten das Ganze recht schnell unter Kontrolle. Roland hat verkündet, dass wir nun außer Gefahr sind und vorübergehend ein Schlaflager in der Großen Halle aufschlagen, bis das Wasser wieder abgeflossen ist und wir mit den Aufräumarbeiten beginnen können.«

»Wie wollen sie das Wasser aus Ebene Zwei kriegen?«

Estelle nickt in Richtung des Brunnens. »Sie sind dort hinabgestiegen und haben eine Ebene tiefer auf Höhe des Gemeinschaftsraums ein Loch in die Brunnenwand geschlagen. Von da fließt das Wasser jetzt ab, aber das dauert natürlich bei den Massen und dem kleinen Loch. Ich glaube, ein paar der Lehrenden sind nicht allzu gut auf dich zu sprechen im Moment.«

Ich runzle die Stirn. »Wieso nicht?«

»Als du ins Wasser gesprungen bist, um Lennart zu retten, herrschte hier ein Riesenaufruhr. Roland und Mirlinda haben sich beinahe in die Haare bekommen, bis sie schließlich mit Ella hinterhergetaucht ist, um euch zu retten.«

»Ich muss unbedingt noch mit Mirlinda sprechen«, sage ich mehr zu mir selbst.

»Es war unglaublich, was du getan hast«, sagt sie.

»Großer!« Melvin lässt den Leinensack, den er in den Händen trägt, fallen und kommt mit schnellen Schritten auf mich zu. »Der Held ist aufgewacht!« Er nimmt mich überschwänglich in den Arm.

Über seine Schulter sehe ich noch mal in Estelles Gesicht. »Danke«, murmle ich.

Sie lächelt mir aufmunternd zu. »Keine Ursache.«

Melvin zerquetscht mich jetzt beinahe. »Du kannst doch nicht einfach so eine Rettungsaktion starten, ohne mir vorher Bescheid zu sagen!«

Er löst sich wieder von mir. Für einen Augenblick muss ich an Lucas denken, und meine Glieder sind wie eingefroren. Lucas hätte dasselbe getan. Er wäre mit mir da durchgeschwommen. Ganz sicher.

Melvin rüttelt mich an den Schultern. »Komm erst mal zu dir«, sagt er. »Wir anderen warten alle in der Großen Halle.«

Ich nicke abwesend.

Die Letzten verschwinden aus dem Raum, ich lächle ein paar Schülern müde zu, fange mir einen strengen Blick von Roland ein. Nur noch ein paar Begrabene sind weiter damit beschäftigt, die Sandsäcke abzusichern.

Estelle winkt mir einmal flüchtig zu, als sie durch den Steinbogen verschwindet.

Lucas.

Ich spüre, wie sich ein dicker, drückender Knoten in meiner Halsgegend bildet. Wenn alles zu viel war, dann mussten Lucas und ich nicht groß was sagen, wir wussten, was wir durchmachten, und wir konnten uns gegenseitig beruhigen, irgendetwas Belangloses erzählen, und dann ging es mir schon besser.

Obwohl wir das jetzt alles überstanden haben, bricht keine Erleichterung über mich herein.

Dieser Wassereinbruch fühlt sich an wie eine Drohung. Wie ein Vorbote, der nur den Anfang von etwas viel Größerem, noch Schlimmerem ankündigt.

Und all die Bücher – alles Wissen wurde einfach weggespült. Über uns auf dem Friedhof treibt womöglich eine Kreatur ihr Unwesen, die zerfleischt, was ihr in den Weg kommt. Immer mehr Wachen des Königs schwärmen aus, sind vielleicht kurz davor, uns zu entdecken.

Wir sind hier nicht mehr sicher. Favilla ist nicht mehr sicher.

Der Dürre hat mir frische Kleidung gegeben. Ich trage jetzt die Sachen eines Schwarzgewändlers. Es sind die einzigen trockenen Klamotten, die in Favilla noch zur Verfügung standen. Das Leinen spannt etwas an den Schultern, und die Hose ist einen Tick zu kurz, aber der Stoff ist angenehm weich. Ganz anders als das Leinen der Braungewändler, das immer so fürchterlich auf der Haut gekratzt hat. Es ist ein seltsames Gefühl, eine andere Farbe zu tragen.

Nora begleitet mich auf dem Weg in die Große Halle. Sie trägt ein graues Gewand. Jon hat sie bestimmt geschickt, damit sie nach mir sieht. Sie hat die besten Kenntnisse in Heilkunde.

Überall spüre ich Jons Anwesenheit, wie jede Aktion hier nur auf seine Anweisungen hin geschieht. Er hat es geschafft, dieses Chaos zu meistern – und das, ohne Ebene Drei und den Zirkel auffliegen zu lassen.

Ich muss mit ihm reden, schießt es mir durch den Kopf.

»Geht es dir wieder gut?«, fragt Nora.

»Ja. Muss an den Pilzen und Wurzeln gelegen haben.«

Sie lacht. »In deinem Fall ganz bestimmt.«

»Was ist mit Lennart? Ich habe ihn nicht mehr gesehen.«

»Jon behält ihn diese Nacht zur Beobachtung in der Krankenstation«, sagt sie. »Aber keine Sorge, ihm geht es so weit gut.«

»Okay.«

Die Füße in den nassen Lederschuhen quietschen laut im Gang. Auch der Boden ist immer noch nass, an unebenen Stellen haben sich tiefe Pfützen gebildet. Bei jedem Schritt presst sich Wasser aus meinen Schuhen.

Nora greift in ihre Hosentasche und hält mir dann ihre Handinnenfläche hin. Darin liegen einige Kräuter, sie haben blaue, sternartige Blüten.

»Du solltest ein paar davon nehmen, bevor du schlafen gehst.«

Ich fasse nach der Pflanze und rieche daran. Ein unverkennbar bitterer Geruch geht von ihnen aus. Ich dachte immer, das Wasser hier hätte manchmal diesen bestimmten Beigeschmack, dabei waren es immer nur die Kräuter.

»Genau diese Schlafkräuter hat mir Lucas immer in den Trinkschlauch gemischt, habe ich recht?«

»Jon meint es nur gut.« Nora macht ein besorgtes Gesicht. »Ich finde auch, dass du schnell wieder zu Kräften kommen musst. Wir brauchen dich bei den Nachtwachen. Du kannst dir keinen Schlafmangel erlauben.«

Ich starre unschlüssig auf die blauen Blüten, stecke sie dann widerwillig in meine Hose. »Ich werd's mir überlegen.«

»Na gut.« Sie streicht mir über den Arm. »Der eine oder andere wird dich sicher um die Kräuter beneiden.« Sie macht einen ausweichenden Schritt über eine Pfütze. »Sechzig Schüler in einem Raum – ich glaube kaum, dass ich heute Nacht viel Schlaf bekommen werde.«

Ich breche eine Blüte vom Stängel ab und gebe sie ihr zurück. »Ich kann meistens gut schlafen. Vielleicht bekommst du dann wenigstens auch ein Auge zu.«

Sie lächelt. »Danke.«

»Nicht der Rede wert.«

In der Großen Halle herrscht reges Gemurmel. Einige schlagen noch ihre Felle zurecht, andere sind schon darin eingewickelt. Nur noch zwei Feuer brennen schwach in den Eisenbehältern, etwa so wie auch im Gedankenunterricht. Ein weiches Licht, das einen auf Dauer müde macht.

Nora biegt nach rechts ab, in den Teil der Halle, wo sich die Mädchen ausgebreitet haben.

Es ist zu dunkel, ich kann Sam unmöglich zwischen all den kleinen Lagern entdecken. Ich habe sie nicht mehr gesehen, seit ich ins Wasser getaucht bin.

Ich würde gern mit ihr reden. Es kommt mir komisch vor, dass wir seit dem Unglück noch kein Wort miteinander gewechselt haben. Wie es ihr wohl ergangen ist? Als Fischerin kann sie schwimmen, sie wird wahrscheinlich nicht so panisch gewesen sein wie andere, aber trotzdem.

Ich gehe nach links. Irgendwo vor mir sehe ich eine Gestalt die Hand heben. Bestimmt Melvin, der mir einen Platz freigehalten hat. Ich steuere in seine Richtung.

Der Dürre steht etwa in der Mitte der Halle vor einem Pfeiler. Er hat eine Fackel in der Hand und den Blick starr nach vorn gerichtet. Vermutlich übernimmt er den Wachdienst, ich habe mal jemanden sagen gehört, er würde nie schlafen.

Von den anderen Lehrenden ist keine Spur zu sehen. Vermutlich haben sie sich zur Besprechung in den Zirkelraum zurückgezogen. Ich hätte noch gern ein paar Worte mit Mirlinda gewechselt. Mich bedankt. Irgendetwas gesagt. Vielleicht später.

Ich laufe vorsichtig zwischen den kleinen Felllagern hindurch und passe auf, dabei niemandem auf die Füße oder Hände zu treten. Neben Melvin lasse ich mich nieder. Der Gute hat mir wirklich schon eines der Felle reserviert. Ich bin froh, dass er da ist.

Es sind andere Felle als die, die wir für gewöhnlich in den Zellen haben. Sie sind rauer und verstaubt, wahrscheinlich verschimmeln sie seit Ewigkeiten in irgendeinem Lagerraum. Sie riechen auch ein bisschen muffig.

Melvin robbt auf seinem Fell etwas näher zu mir. »Weißt du, Noel«, flüstert er, und ich sehe ihm bereits an, dass gleich irgendein Melvin-Spruch kommt. Denn so sieht sein Gesicht immer aus, bevor er grinsen muss. »Eine gute Sache hat die Katastrophe mit sich gebracht.«

»Welche?«

»Durch die nassen Hemden kenne ich jetzt die Brüste der restlichen zwanzig Mädchen, die ich noch nicht nackt gesehen habe.«

Ich muss mich beherrschen, jetzt nicht loszuprusten, ich muss sogar in den Ärmel meines Hemdes beißen, damit ich es nicht tue.

Ich glaube, ich darf Melvin nicht mal mehr ins Gesicht schauen, dann wird es noch viel schwerer werden, das Lachen zu unterdrücken.

Ich schiele einmal vorsichtig zum Dürren, er steht unverändert gerade da.

Ein paarmal zuckt mein Körper noch, wir beruhigen uns langsam.

»Gute Nacht«, flüstere ich dann.

»Nacht«, sagt Melvin. »War echt stark, was du heut gemacht hast«, schiebt er dann noch hinterher.

»Danke«, sage ich.

Ich liege auf dem Rücken und starre an die hohe, dunkle Decke.

Die Schlafkräuter sind immer noch in meiner Hosentasche. Fast kann ich ihren Duft riechen. Ich wälze mich ein paarmal hin und her, ziehe mir das Fell bis ans Kinn.

Ich kann sie einfach nicht nehmen.

Mein Gesicht drückt in die Erde, ich reiße es hoch, huste. Ich spucke einen Klumpen aus. Hektisch drehe ich den Kopf und blicke direkt in ein dunkles ausgehobenes Loch. Rings um mich sind noch mehr Erdhaufen.

Das Böse streift mich. Ich spüre es. Schützend hebe ich die Hände über den Kopf.

Ein Schatten fällt über mich. Ich kann *es* atmen hören. Ich kann *es* riechen. Kleine, faulige Windstöße pustet *es* mir ins Gesicht. Und *es* knurrt – ein tiefes Vibrieren, das von grenzenloser, wilder Kraft zeugt.

Jetzt nehme ich vorsichtig den Arm vom Gesicht. Gelbe Augen starren mich an. Sie leuchten in der Nacht, die Pupillen zu Schlitzen verzogen. Ich sehe den Wahn darin. *Als würden Maden darin herumkriechen. Es* fletscht die Zähne. Die Fänge größer als Dolche. Blut trieft von den Lefzen, fällt warm auf meine Brust. Der Fleischreißer!

Die Bestie legt ihr Haupt in den Nacken, und ein schauerliches Heulen dröhnt in meinen Ohren, es hallt über den ganzen Friedhof. Ein Ruf, der die Toten weckt.

Es wird alles wieder gut, sage ich zu Lennart. *Du brauchst keine Angst zu haben.*

Aber ich weiß, wie sehr es wehtun wird, wenn sich diese spitzen Zähne in mein Fleisch bohren und ein Stück aus mir herausfressen.

Die Bestie brüllt erneut, und mit ihren Pranken reißt sie eins der Gräber neben mir auf. Pranken, die die Form haben von Werkzeugen aus den Minen, wie gefährliche Spitzhacken. Dann schleudert sie einen Grabstein, der mich nur knapp verfehlt. Ich taste meinen Körper ab, aber da sind keine Waffen, nichts. Ich bin nur nass. Klitschnass.

Ich sehe die raue Zunge des Tieres, die nun gierig näherkommt, die schuppigen Warzen darauf. Es …

Neben mir bewegt sich etwas! Angst lähmt mich, der Schrei erstickt in meiner Kehle.

Nur langsam verblassen die Bilder, und ich nehme meine Umgebung wahr.

Ich bin in der Großen Halle. Alles war nur ein Traum. Es dauert ein paar Momente, bis sich meine Atmung wieder beruhigt hat und die Traumstimmung verfliegt.

Da höre ich erneut eine Bewegung neben mir. Jemand rutscht mit seinem Fell über den glatten Marmorboden.

»Melvin?«, flüstere ich.

Er dreht seinen Kopf erschrocken zu mir.

»Was machst du da?«, frage ich.

»Ich krabble los.« Er hat die Hände flach auf den Boden gepresst und robbt jetzt ein weiteres Stück vor.

»Wohin denn?«

»Na, zu Liv«, flüstert er.

Ich erkenne seinen Gesichtsausdruck im Dunkeln zwar nicht genau, aber ich kann mir nur zu gut die Vorfreude darin vorstellen.

»Du kannst es nicht lassen.«

Ein leises Melvin-Kichern dringt zu mir. »Nein.«

Ich werfe einen Blick zum Dürren, er hält die Fackel steif vor sich. Er hat sich in der ganzen Zeit nicht ein Stückchen von der Stelle gerührt. Noch hat er den Blick auf den Mädchenbereich gerichtet, und Melvin nutzt seine Chance und bahnt sich einen Weg zwischen den schlafenden Schülern hindurch.

Zum Glück ist dieser Boden so glatt, dass das Rutschen des Fells kaum wahrnehmbar ist. Wo zuvor Gemurmel war, sind jetzt tiefes Atmen und vereinzeltes Schnarchen zu hören. Die Flammen in den Eisenkörben sind fast ganz runtergebrannt, knistern kaum hörbar, wie aus weiter Ferne.

Jetzt dreht der Dürre den Kopf wieder in meine Richtung, und Melvin hört schlagartig auf, sich zu bewegen. Regungslos bleibt er liegen und stellt sich schlafend.

Der Dürre schaut auffällig lange in unsere Richtung, aber als er den Kopf wieder nach links dreht, sehe ich Melvins schemenhafte Gestalt auf seinem Fell weiter über den Boden robben, bis der Dürre wieder hinüberschaut und Melvin einfriert.

Für diese Vorstellung hätte er sich glatt einen Kumpelklopf bei den Minenarbeitern verdient, drei trommelnde Fausthiebe auf die Brust.

Eine Weile beobachte ich sein Spiel noch, dann sinke ich in einen seltsamen Halbschlaf. Immer wieder taucht die Kreatur des Fleischreißers vor meinen Augen auf, und ich habe Angst, wieder ganz zurück in meinen Albtraum zu fallen. Also versuche ich, mir irgendwelche schönen Dinge vorzustellen – wie Earl und Claire zusammen Quatsch machen.

Es funktioniert, und meine Lider werden schwer. Die Geräusche der anderen Schlafenden verblassen.

Gerade glaube ich, Ruhe zu finden, als sich neben mir wieder etwas bewegt. Ich kann zwei nackte, kleine Füße erkennen. Jemand geht in die Hocke, und dabei kitzeln mich lange Haare an der Wange.

»Sam?«

»Psssst.« Sie legt einen Finger an die Lippen. Dann breitet sie ihr Schlaffell auf Melvins altem Platz aus, nur ein ganzes Stück dichter an meinem. Kurz dringt mir ihr Duft in die Nase, verfliegt aber schnell wieder.

Sie legt sich hin und lehnt den Kopf zu meiner Seite auf ihre verschränkten Arme.

»Was machst du hier?«

»Melvin«, murmelt sie.

»Schnarcht er schon wieder?«

»Mhmm.« Sie lässt mich nicht einen Moment aus den Augen.

»Wie bist du an dem Dürren vorbeigekommen?«, frage ich leise.

»Ähm.« Sie zieht das Fell bis zur Nasenspitze hoch. »Ich bin einfach aufgestanden und rübergelaufen.«

»Dein Ernst?«

»Ja.«

Ich lache leise. »Dann habe ich jetzt etwas, womit ich Melvin morgen aufziehen kann.«

»Noel.«

»Mhh?«

Es bleibt kurz still. »Das war wirklich mutig von dir heute.« Sie flüstert noch leiser als vorher, sodass ich sie gerade noch verstehen kann.

Eine Weile liegen wir nur so da. Ich erkenne die Umrisse ihres Gesichts. Sehe ihre Hand, die zwischen uns auf dem Marmorboden liegt, und meine, die nicht allzu weit von ihrer entfernt ist.

Irgendwo raschelt ein Fell, ein Schüler wälzt sich im Schlaf, ganz in der Nähe. Mein Herz schlägt plötzlich schneller. Zu schnell, wo ich doch nur daliege und auf den Schlaf warte.

Ein Finger tastet vorsichtig nach meinem. Sam berührt zaghaft meine Hand.

Ich zucke zurück.

Ich atme aus, das kommt mir viel zu laut vor, und jetzt überholen meine Herzschläge einander.

Lucas. Ich weiß, dass er Sam toll fand. Ich weiß, dass er an ihr interessiert war.

Aber ein Schüler ist gestorben. Favilla ist nicht mehr sicher. Ich wäre heute fast ertrunken.

Und dann nehme ich doch ihre Hand.

12

Favilla. Amphitheater.

Als ich unten am Platz des Amphitheaters stehe, ergreift mich ein Gefühl von Ehrfurcht. Es ist einer dieser Momente, die einem durch und durch gehen.

Ich lege den Kopf in den Nacken, sehe die Stufen hoch und betrachte das mächtige Bauwerk. Ich musste kurz anhalten, einfach nur, um es auf mich wirken zu lassen.

Ich stelle mir vor, wie Menschen auf diesen Stufen saßen, als es noch keine Ruine war.

Wie sie vielleicht in die Hände klatschten und einem der Krieger aus der *Stadt der Helden* zujubelten.

Ich denke an das letzte Gespräch mit Jon. *Ich bin keiner, dem die Massen folgen.*

»Es ist gewaltig, nicht wahr?«, sagt Sam.

»Mh?« Ich gucke sie an, immer noch ein bisschen abwesend.

»Dieses Bauwerk.«

Jetzt komme ich wieder zu mir und nicke. Ich weiß nicht, wie lange ich schon so dagestanden habe. »Es ist ein Amphitheater«, sage ich.

»Woher weißt du das?«

»Jon hat es mir erzählt«, antworte ich. »Dieses Bauwerk war

ein wichtiger Teil für den Totenkult der Menschen aus der alten Kultur. Wenn ein bedeutender Mensch gestorben ist, haben sie ein Theaterstück über sein Leben geschrieben, und Schauspieler haben es auf diesem Platz aufgeführt. So nahmen sie Abschied.«

Sams Blick wandert einmal über die Weite der Arena. Sie streckt ihre Arme vor. »Kannst du meine Gänsehaut sehen?«

Ich streiche mit meinem Finger einmal sanft über ihre Haut. Ich spüre ganz feine Haare unter meinen Fingerkuppen. Kurz verweile ich so, dann lässt sie ihren Arm wieder sinken. »Noel?«

»Ja.« Ich sehe in ihr Gesicht. Sie sieht mir genau in die Augen, und wenn sie meinen Namen so ausspricht, versetzt mir das einen plötzlichen Stich in der Brust.

»Warum macht Jon diese Einzelsitzungen mit dir?«

Ich kann nicht denken, wenn sie mich so ansieht. Ich greife mir einmal in die Haare.

»Ich weiß es nicht«, sage ich.

»Wirklich nicht?« Sie klingt etwas grob.

Ich zucke mit den Schultern. »Vermutlich, weil ich so neugierig bin.«

Sie guckt kritisch, erwidert aber nichts mehr, und wir steigen schließlich die Stufen zum Friedhof hinauf. Unsere Schritte hallen zwischen den Mauern wider.

Wir laufen an den Erdhaufen vorbei. Ich sollte sie nicht zählen, aber ich kann nicht anders: Allein auf dem Weg zum Wachtposten sind es bereits sechs ausgehobene Gräber. Ich werde das Gefühl nicht los, dass aus dieser Erde gleich eine Hand schießen könnte. Dass sich jeden Moment irgendwo etwas bewegen wird und dass ich das Knurren des Fleischreißers höre, wie in meinem Traum.

»Wir starren jetzt schon wieder eine ganze Nacht auf diese Gräber, und jedes Mal stelle ich mir die gleiche Frage.« Sam schaufelt ein Häufchen Erde in ihre Handinnenfläche, um sie dann wieder durch ihre Finger auf den Boden rieseln zu lassen. »Was passiert mit den Menschen, wenn sie tot sind?« Sie sieht mich fragend an, schmerzlich an.

»Wie meinst du das?«

»Wir zünden die Totenlichter an, die Toten werden hier begraben und kommen nicht wieder zu uns zurück. Aber wo gehen sie hin?«

»Wo sollen sie denn hingehen?« Ich runzle die Stirn.

»Denkst du nicht, es muss noch weitergehen? Das Leben kann doch nicht einfach so aufhören.«

»Keine Ahnung, die Vorstellung ist schön, dass es weitergeht, aber wir können es ja nicht wissen«, antworte ich.

»Hast du denn keine Angst?«

Ich starre auf die Grabfelder, denke an die unzähligen Knochen in den Katakomben. »Vielleicht ist nach dem Tod dasselbe wie vor dem Leben.« Ich sehe wieder in ihr Gesicht. »Nichts.«

Sie schüttelt kaum merklich den Kopf. »Das glaube ich nicht.« Nachdenklich richtet sie den Blick in die Ferne. »Dann würden wir ja völlig ohne Grund hier sitzen. Wieso sollten wir dann überhaupt für irgendetwas kämpfen?«

»Ich weiß nicht, aber vielleicht wäre gerade das der Grund. Je mehr Nichts um das Leben existiert, desto bedeutsamer ist doch das Leben an sich.«

Es bleibt eine Weile still zwischen uns.

Und ja, ich kenne diese Momente, wo man plötzlich aufs Ganze fragt.

Ich hatte schon einmal einen solchen Moment, noch zu meiner

Zeit in den Minen. Ich war viel zu lange in den unteren Stollen gewesen. Irgendwann bekam ich einen heftigen Hustenanfall. Staub erstickte meine Lungen.

Wir sind nach draußen gegangen. Earl und ich.

Ich habe hochgesehen in den Nachthimmel. Es war dunkel und so still. Nächte, die eigentlich viel zu still sein mussten. Und ich hab hinaufgesehen. Ich konnte meinen Herzschlag spüren, das Kribbeln und die Erschöpfung in meinen Beinen.

Ich sah erst Earl an, dann wieder nach oben, und plötzlich habe ich mich gefragt: *Wozu*?

Wozu diese Wolken, und warum schlägt mein Herz? Zum ersten Mal kam ich auf die Idee, mich zu fragen, weshalb ich jeden Tag auf diese Steine haue. Und die Antwort konnte doch nicht nur der Brennende König sein.

Damals fiel mir aber keine andere Erklärung ein, nur ein- oder zweimal kam es noch hoch, bis ich den Gedanken wieder verworfen hatte.

Jetzt weiß ich, dass ich vor den Antworten keine Angst haben muss. Dass sie zwar nicht immer so friedlich sein konnten wie eine stille Nacht. Aber sie sind das, was mich vorantreibt, etwas, das ich damals noch nicht gespürt habe.

Ich sehe zu Sam, ins Grün ihrer Augen. Vielleicht gibt es auch Momente, in denen vollkommen egal ist, was davor und danach geschieht.

»Sam«, flüstere ich.

Sie schaut zu mir auf. Der Wind lässt ihre Haarspitzen erzittern.

»Ich würde dich gerne küssen.« Ich sehe auf ihren Mund. »Jetzt.«

Sie rückt ein kleines Stück näher. Unsere Knie berühren sich, und ich habe das Gefühl, dass mein Bein an dieser Stelle plötzlich ganz heiß wird, dass alles in mir auf einmal ganz heiß wird.

Sam presst die Lippen aufeinander, und als sie sie wieder löst, betrachte ich den sanften Schwung ihrer Oberlippe.

Ich komme ganz nah an ihr Gesicht, genieße diese wundervolle Unruhe in mir, die mit jedem Moment stärker wird.

Sam, das Mädchen, das meine Hand gehalten hat.

Ich schließe die Augen.

Plötzlich kreischt das Flügeltor, erschrocken fahren wir auseinander und springen auf. Der Speer findet ganz von allein in meine Hände.

»Der Totengräber kehrt zu dieser Zeit noch nicht zurück«, sage ich, und mit dieser Erkenntnis kommt die Angst. Wenn es nicht der Totengräber ist, wer ist es dann?

»Kannst du etwas sehen?«, fragt sie.

Ich recke den Kopf nach oben. »Zwei Gestalten«, murmle ich. Dann erkenne ich den Umriss einer weiteren. »Drei«, korrigiere ich mich und schlucke.

Ich meine von hier aus zu erkennen, dass sie Rüstungen tragen. »Verdammt! Das müssen Königswachen sein.« Ich trete nervös von einem Fuß auf den anderen. Das Flügeltor fällt laut ins Schloss zurück.

»Wir müssen das Nebelfeuer anzünden«, sage ich.

Sam schüttelt wild den Kopf. »Wir können nicht einfach Alarm schlagen, wenn wir nicht mal sicher sind, was dort vor sich geht.«

»Jon hat gesagt, sobald wir Wachen sehen, sollen wir das Feuer anzünden.« Ich will schon zur Fackel gehen, die hinter den Vogelmännerstatuen versteckt ist, da packt mich Sam grob am Arm.

Ihre kleinen, weißen Finger graben sich in meine Haut. »Machst du denn alles, was Jon dir sagt?«, zischt sie. »Wenn wir Fehlalarm schlagen, machen wir erst recht auf das Internat aufmerksam.«

Ich entziehe mich ihrem Griff. »Und was schlägst du stattdessen vor?«

Sie kneift die Augen zusammen und beobachtet die Wachen einen Moment lang. »Siehst du, wie sie laufen?«

Ich folge ihrem Blick. Die Wachen bewegen sich nur langsam, sie haben nicht einmal die Waffen erhoben.

»Ich glaube, die dürfen hier gar nicht sein«, sagt sie, etwas flackert dabei in ihren Augen. »Die sind gleich wieder weg, ich bin mir ganz sicher.«

Und was, wenn nicht? Wir können jetzt nicht anfangen zu diskutieren, das geht nicht. Aber irgendwas muss getan werden.

»Gut«, sage ich schließlich. »Du bleibst bei der Statue und entzündest das Feuer, sobald akute Gefahr droht, ich schleiche mich an sie ran und finde heraus, was sie hier wollen.« Meine Stimme ist hart.

Sie zögert einen Moment. »Na gut, beeil dich! Und pass auf.«

Ich drücke einmal ihre Hand, dann laufe ich los. Wenn ich geduckt bleibe, habe ich eine reelle Chance, unentdeckt zu bleiben. Ausgerechnet heute, wo ich den Nebel gut als Tarnung gebrauchen könnte, ist die Luft klar.

Kaum bin ich ein paar Schritte gelaufen, meldet sich mein schlechtes Gewissen. Obwohl ich mich voll und ganz auf den Weg konzentrieren müsste, sind meine Gedanken bei Sam. War ich zu schroff zu ihr? War es in Ordnung, einfach loszugehen? Was ihr wohl dort oben allein gerade durch den Kopf geht?

Ich schiebe die Gedanken weg.

Schritt für Schritt taste ich mich vorwärts. Ich streife Grabsteine, ducke mich hinter Sträucher. Der Boden ist zwar matschig, aber hier kann ich mich trotzdem leiser vorwärtsbewegen als auf dem Schotterweg. Es ist viel zu still, sodass ich keine schnellen Bewegungen machen darf. Vor jedem Auftreten sehe ich zu Boden, schon ein kleiner Ast unter meinen Schuhen könnte mich verraten.

Dann höre ich ihre Stimmen ganz deutlich, ich bin fast bei ihnen. Ich spähe vorsichtig zur Seite. Sie stehen hinter einem Baum, nicht mehr als sieben Schritte von mir entfernt. Schnell ziehe ich den Kopf wieder zurück. Der Stein, hinter dem ich stehe, ist glücklicherweise breit genug, um meinen Körper zu verdecken.

»Entspann dich!«, motzt eine der Wachen. »Ich bin nur am Pissen.«

»Man wird uns hängen, wenn die rausfinden, dass wir hier sind.«

Ich höre die andere Wache immer noch pinkeln, sein Wasser gegen den Baumstamm plätschern. »Wir waren noch nie hier, ist doch klar, dass wir neugierig sind.«

Jemand geht unruhig auf und ab. »Und wo zum Henker ist Devin schon wieder hin?« Ich höre ihn ausspucken, gefährlich nah.

»Jetzt stell dich nicht so an! Mir ist dieser Friedhof fast lieber als der Wald. Wird doch 'nen Grund geben, warum die Jäger nicht dahin gehen, wohin wir mittlerweile vorgestoßen sind. Wird doch 'nen Grund geben, dass der Trupp von Marek seit Tagen verschwunden ist … Wenn ihr mich fragt, die ganze Mission ist doch Schwachsinn. Da schließt der Kommandant, dieser Idiot, irgendwelche Tunnel, um den Kerl rauszulocken. Und jetzt weiß der Fluss nicht mehr, wohin mit seinem Wasser. Und das alles nur, um einen einzigen Mann zu finden. Wenn ihr mich fragt, der ist längst nicht mehr hier, schon vor Tagen nach Akila durch. Und wir bringen für diese Scheiße hier den Wald gegen uns auf.«

Und jetzt weiß der Fluss nicht mehr, wohin mit dem Wasser?

Sie müssen etwas mit dem Wassereinbruch zu tun haben! Deshalb sind die Wände eingestürzt! Sie müssen irgendwo etwas gedämmt haben. Und welcher Kerl? Von welchem Kerl sprechen sie?

Mein Herz springt jetzt beinahe aus der Brust. *Jon, ich bin ganz nah dran! Das sind die Informationen, die wir brauchen.* Mehr, ich will mehr hören!

Rascheln von Kleidung. Ich schätze, er knöpft seine Hose wieder zu. Das Knirschen unter ihren Schuhen wird immer lauter. Plötzlich hört es auf.

»Was suchst du da?«, sagt der eine.

»Da ist jemand.«

Verdammt! Die Stimme der Wache ist viel zu deutlich zu verstehen, noch deutlicher als vorhin. Oh nein, oh nein, oh nein.

Ich beiße mir so fest auf die Lippe, dass ich Blut schmecke.

Ich hab's verhauen, Jon. Es tut mir so leid, ich habe alles versaut.

»Da sind nur Statuen«, sagt die Wache, die gepisst hat. »Komm jetzt.«

Ich halte die Luft an. Über mein Bein krabbelt eine Assel. Klein, grau und fett wandert sie nun meinen Schenkel hinauf.

Hinter mir bleibt es still. Ich höre den, der mir ganz nahe ist, noch mal ausspucken. »Nee, nee«, sagt er, »das sind nicht bloß Statuen. Ich seh nach.«

»Hä«, höre ich da jemanden krächzen. »Macht, dass ihr hier wegkommt!«

Es ist der Totengräber, seine Stimme ist unverwechselbar. Noch nie war ich so froh, sie zu hören.

Er schlurft über den Schotter. »Ihr habt hier nichts zu suchen!«, schimpft er.

Aber die Schritte der Wachen entfernen sich nicht.

»Devin!«, ruft jemand den dritten zu sich.

Dann zieht einer das Schwert aus der Scheide, das Geräusch ist unverkennbar. »Denkst du, wir lassen uns von einem alten Sack wie dir etwas befehlen?!«

»Steck die Waffe weg, Mann!«, ruft die andere Wache. Bald kann ich gar nicht mehr auseinanderhalten, wer mit wem spricht.

»Halt die Fresse!« Das muss Devin sein.

Das markante Lachen des Totengräbers. »Stich ruhig zu. Ich spür das eh nicht.«

»Das können wir ja mal ausprobieren, alter Mann«, antwortet Devin, der Schotter knirscht, aber der Totengräber lacht nur.

Wie kann er bloß so ruhig bleiben? Geht weg!

Jetzt spricht der Totengräber wieder, aber er klingt nicht mehr amüsiert, sondern dunkel. Seine Stimme ist gefährlich ruhig. So habe ich ihn noch nie reden hören, Gänsehaut kriecht meinen Rücken hoch.

»Jetzt hör mal zu, mein leichtsinniger Freund. Das hier ist *mein* Friedhof. Ich hab hier schon Leichen für den Brennenden König eingebuddelt, da warst du noch nicht mal aus deiner Mutter herausgekrochen. Ein kleiner Fehler noch, und dein guter Herrscher zerreißt dich in so kleine Stückchen, dass ich dich nicht mal mehr einbuddeln muss«, er macht eine kurze Pause, und ich bin mir sicher, dass er jetzt ganz dicht vor Devin steht. »Oder ich erledige das gleich selber.«

Kein Ton mehr. Fast rechne ich damit, jeden Moment eine Klinge zu hören, die sich in Fleisch bohrt.

Dann das Geräusch von Rüstungsplatten.

»Komm, Devin, das reicht«, sagt eine der Wachen. »Lass gut sein, alter Mann, wir wollen keinen Ärger.«

Es dauert jetzt nicht mehr lange, bis ihre Schritte verklungen sind. Etwas später höre ich, wie das Flügeltor sich öffnet und dann zufällt. Ich lehne mich erschöpft an den Grabstein. Beinahe hätte ich alles verhauen. Mein Atem geht immer noch stoßweise. Aber ich habe Informationen, wichtige Informationen, und dieses Gefühl des Triumphes ist im Moment stärker. Es fühlt sich ein bisschen so an, wie wenn ich ein neues Buch aufschlage, nur noch viel besser.

Von rechts schiebt sich plötzlich der Kopf des Totengräbers in mein Blickfeld, ich fahre zusammen.

»Glück gehabt, Minenjunge«, sagt er.

Mit einer Hand stützt er sich auf dem Grabstein ab. Sie ist verkrustet von Dreck. »Kannst jetzt wieder abhauen.« Er lacht sein hustendes Lachen.

Ich schnipse die Assel von meinem Bein, dann stehe ich auf, klopfe die Erde von mir ab. »Was wollten die hier?«

»Auf die Toten pissen.« Er lacht wieder, hört jedoch jäh auf und sieht ernst zum Flügeltor.

Etwas an ihm kommt mir verändert vor. Es ist nicht nur sein Lachen, das in meinen Ohren unheilvoller klingt als sonst, ich merke auch, dass sein Umhang zerfledderter aussieht, dass seine Hände dreckiger sind, sein Gestank schlimmer ist.

Ich höre seine kratzige Stimme in meinem Kopf nachhallen.

Das hier ist mein Friedhof.

13

Favilla. Ebene Zwei.

Die Aufräumarbeiten gehen nur schleppend voran. Jon hat vorerst jeglichen Unterricht abgesagt. Selbst die Zirkeltreffen wurden bis auf kleinere Besprechungen verschoben.

Es ist seltsam, die Schüler so viel außerhalb der Unterrichtseinheiten zu sehen. Auch die Lehrenden, die gezwungenermaßen mit anpacken, geben ein ungewohntes Bild ab. Es rückt Favilla in ein ganz anderes Licht. Es zeigt, dass dieses undurchdringliche System, das ich im ersten Jahresumlauf hier kennengelernt habe, Schwachstellen hat.

Die Lehrenden sind bemüht, die Fassade aufrechtzuerhalten, allen voran Jon, doch ich meine, sie hin und wieder bröckeln zu sehen. Roland ist zunehmend genervt, er kommandiert die Schüler und ganz besonders Lennart herum, was das Zeug hält.

Immer wieder hebe ich triefende Bücher vom Steinboden auf. Streiche über das schwer gewordene Leder und schlage sie auf. Selbst ihren ureigenen Geruch nach Pergament und Geschichte haben sie verloren. Ich will die Hoffnung nicht aufgeben, ein Buch ohne verwischte Tinte zu finden. Irgendein Stück Pergament, das mir beweist, dass das Wissen nicht vollkommen verloren ist.

Waffen, Trinkschläuche, Truhen und Ähnliches haben den

Wassereinbruch überlebt. Aber nichts gibt mir diese Sicherheit zurück, die ich seit meiner Aufnahme in den Zirkel gespürt habe: das Gefühl, dass nichts von draußen in diese Wände eindringen kann. Manchmal fürchte ich, nur die hohlen Schädel sind noch von Favilla übrig geblieben.

Es schaudert mich, wenn ich an die Königsboten denke, an ihren Streit mit dem Totengräber und daran, wie sie mich fast erwischt hätten. Jon schien nicht sonderlich überrascht, als ich ihm berichtete, dass die Wachen den Wassereinbruch verursacht haben.

Wahrscheinlich haben die Königswachen ihn nicht mal mit Absicht ausgelöst. Das glauben wir beide. Eigentlich. Aber natürlich kommen die Zweifel: Könnte der Kommandant den Wachen auch etwas vorgelogen haben? Könnte die Suche nach dem namenlosen Kerl nur ein Vorwand sein?

In Wirklichkeit weiß der Brennende König vielleicht längst vom Internat … oder ahnt zumindest etwas. Oder ist dieser Mann, den sie verfolgen, am Ende Lucas? Wäre es möglich, dass sie *ihn* suchen?

Jon schien nicht für ein längeres Gespräch aufgelegt zu sein. Ich war in die Krankenstation hineingeplatzt, aber er war in Gedanken versunken, und deshalb bin ich bald wieder gegangen. Auf seinen Schultern lastet für den Moment wirklich genug. Obwohl ich gern ausführlich mit ihm geredet hätte, über den Wassereinbruch und alles, was passiert ist.

»Na, du Träumer!« Melvin trommelt mir auf die Brust.

Seit ich ihm gezeigt habe, wie ein Kumpelklopf bei den Minenarbeitern funktioniert, kassiere ich davon täglich fünf Stück.

Er nimmt mir das Buch aus der Hand. »Was hängst du so daran?«

Ich zucke mit den Schultern.

»Jon hat das bestimmt alles im Kopf«, sagt er.

»Ja, bestimmt.« Er hat schon recht. Aber es ist nicht dasselbe. Ein Gedächtnis kann täuschen.

Melvin läuft weiter und deutet mit dem Finger nach oben. »Die brauchen dich bei den Leinensäcken.«

»Ich komme gleich nach«, sage ich.

Ich schaue mich um. Ein paar Schüler haben neben einem Feuer Seile gespannt und hängen Felle und Kleider zum Trocknen auf. Phil winkt mir flüchtig zu, während er mit einer Schale Wasser aus einer tiefen Pfütze am Boden schöpft.

Seit Tagen laufe ich barfuß mit hochgekrempelter Hose durch die Gänge. Aber an diese Nässe gewöhnt man sich einfach nicht. Genauso wenig wie an die tauben Füße.

Laut Rolands Prognose dauert es noch zwei Tage, bis wir die Zellen beziehen und erste Unterrichtseinheiten wieder aufgenommen werden können. Wenn ich mich so umsehe, kommt mir das aber nicht so vor.

Die Nachtwachen nehmen ihren gewohnten Lauf. Heute sind Nora und Ellinor draußen, morgen bin ich wieder mit Sam an der Reihe.

Ich habe Sam in den letzten Tagen nicht oft gesehen. Sie ist in eine andere Aufräumsektion eingeteilt. Nur beim Essen begegnen wir uns. Und dann werfen wir uns Blicke zu. Und ich kann an nichts anderes denken als an ihre Hand in meiner und an ihre Lippen, denen ich so nah war. Während der Aufräumarbeiten stelle ich mir manchmal vor, wie wir uns in einem der dunklen Gänge zufällig über den Weg laufen, und dort drücke ich sie dann sanft gegen die Wand und küsse sie …

»Noel!«, ruft jemand. »Noel!«

Ich seufze. Ich höre bereits an den schnell aufeinanderfolgenden, patschenden Schritten hinter mir, dass es Lennart ist. »Guck mal, was ich gefunden habe!«

Ich drehe mich um. Er grinst breit, und seine großen Ohren bewegen sich ein kleines bisschen mit. Er hält mir seine Hände dicht vors Gesicht. Darin liegt ein Würfel aus Holz. Ich nehme ihn zwischen die Finger. »Verrückt, oder?«, sagt er.

»Ein Wunder, dass es den nicht weggespült hat!« Ich sehe vom Würfel wieder zu ihm, sein Grinsen ist tatsächlich noch breiter geworden. Ihm zuliebe zeige ich ein bisschen Interesse. »Darf ich ihn behalten?«

»Klar.« Lennart nickt eifrig. »Klar, ich schenke ihn dir.«

»Danke.« Ich stecke den Würfel in die Hosentasche, Lennart bleibt erwartungsvoll vor mir stehen.

»Die brauchen mich beim Säcketragen«, sage ich und gehe los.

Er läuft neben mir her. »Gut, ich helfe dir.«

»Lennart, das ist wirklich nett, aber ich denke, du bist hier unten eingeteilt. Halt dich da lieber dran.«

Ich lasse die Information aus, dass es für mich eher mehr Arbeit bedeutet, wenn er mir beim Tragen hilft. Es wäre nur eine Frage der Zeit, bis Lennarts Sack voll Erde runterfällt und aufplatzt.

»Denkst du?« Er sieht noch mal nach hinten und beobachtet Klara und Johanna, die die Fackelhalterungen überprüfen. Lennart rollt mit den Fingern den Saum seines Hemdes auf und streicht ihn dann wieder glatt.

»Ich denke schon. Ich muss vorher sowieso noch mal bei den Pferden vorbei«, sage ich. »Du kannst ja nachkommen«, schiebe ich dann schnell hinterher, fühle mich aber sofort schlecht. Lennart bekommt Ausschläge im Gesicht und muss die ganze Zeit niesen, wenn er bei den Pferden ist.

Er rümpft die Nase. »Na gut, bis später dann.«

Ich gehe weiter, während er im Gang zurückbleibt. So feingliedrig und schmächtig, der Anblick lässt mein schlechtes Gewissen nicht unbedingt verschwinden.

Ich kann verstehen, dass er sich bedanken will, sich revanchieren will. Aber das muss er nicht, das habe ich ihm schon mehrmals gesagt.

Die Stallungen liegen rechts von der Großen Halle, nicht weit vom Hauptausgang, damit die Pferde einen möglichst kurzen Weg nach draußen haben, wenn sie für die Außenmissionen gebraucht werden.

Im Brunnenraum sind die Begrabenen schon ganz gut vorangekommen. Sie haben die Leinensäcke beseitigt und die Friedhofserde entfernt.

Wo ich auch hinlaufe, habe ich das Gefühl, dass mich mehr Schüler wahrnehmen als vorher. Manche winken flüchtig, einige begrüßen mich sogar mit einem Minenarbeitergruß, der sich hier langsam durchzusetzen scheint. Am Anfang fand ich das seltsam. Mittlerweile gefällt es mir irgendwie.

Stallgeruch schlägt mir entgegen. Meistens kümmern sich die Begrabenen um die Pferde. Aber zurzeit läuft ja alles ein wenig anders. Immerhin ist dieser Raum etwas heller als die anderen. Da die Pferde die meiste Zeit unter der Erde sind, stehen hier zahlreiche Lampen, natürlich in sicherer Entfernung der Holzspäne.

Gleichmäßige, kräftige Striegelstriche sind aus einer der Boxen zu hören. Ich laufe die zwölf kleinen, durch Holzwände getrennten Kabinen ab. Jedem der Pferde streichle ich einmal über die warme Stirn.

Hinter dem dritten Tier, einem Schimmel, taucht plötzlich

Estelles rote Lockenmähne auf. »Bist du auch geflüchtet?«, fragt sie und hört mit dem Bürsten auf.

»So in etwa.« Ich steige in die Kabine. »Kann ich dir helfen?«

»Du kannst am Hals weitermachen.« Sie greift hinter sich und streckt mir dann eine zweite Bürste entgegen. »Das mögen sie am liebsten.«

»So gut?« Ich striegele ein paarmal vorsichtig über den Hals des Tieres.

»Mhm.« Sie nickt. »Am besten, du legst dabei die andere Hand auch an das Fell, damit es sich bei der Bewegung nicht erschreckt.«

»Gut.« Ich folge ihren Anweisungen.

Immer wieder streichle ich dem Schimmel über den Hals. Für ein Pferd scheint er etwas dünn zu sein.

»Denkst du, sie leiden hier unten?«, frage ich Estelle.

»Hinter den Ställen gibt es ein Rondell, wo die Begrabenen sie regelmäßig bewegen. Aber ich nehme an, das Tageslicht fehlt ihnen genauso wie uns.« In kreisförmigen Bewegungen streicht sie über den weißen Bauch. Das Geräusch hat etwas Beruhigendes.

»Du hättest mal die Pferde am Hof der Schwarzgewändler sehen sollen. Das waren richtige Prachttiere. Ihr Fell hat seidig geglänzt, die Beine waren muskulös und die Mähne so gepflegt.« Sie legt den Striegel jetzt zurück. »Richtig edle Tiere.«

Ich zeige auf den Korb mit Wurzeln, der am Boden steht. »Darf man sie damit füttern?«

»Sicher.« Sie reicht ihn mir.

Das Pferd frisst aus meiner Hand, die Zunge kitzelt mich dabei auf der Haut. Sie ist warm und rau. Dann beginnt es zu kauen, die Zähne schlagen mahlend aufeinander, es prustet geräuschvoll Luft aus den Nüstern. Die weißgrauen Haare fallen ihm zottelig vor die Augen. Ich streiche sie zur Seite.

»Wie ist es dort oben auf dem Friedhof?«, fragt Estelle.

»Schätze, du hast nichts verpasst.« Ich seufze.

»Die Gräber werden weiter aufgebuddelt, haben sie mir erzählt.« Sie steht jetzt direkt vor mir. »Was denkst du, wer tut so was?«

Ich greife nachdenklich nach einer weiteren Wurzel, lausche den Kaugeräuschen des Pferdes. »Darüber zerbreche ich mir seit Tagen den Kopf.« Ich starre auf unsere nackten Füße, die sich in die piksenden Holzspäne drücken, trotzdem ist es angenehmer als der nasse Steinboden. »Ich versuche, einen Zusammenhang in allem zu finden.«

»Worin?«

»Der Wassereinbruch, die Wachen, die Gräber, Lucas' Verschwinden: Alles passiert zur selben Zeit. Ist das nicht auffällig?«

»Aber …« Sie lässt ihre Hand vom Fell des Pferdes rutschen. »Du denkst doch nicht, dass das, was womöglich da oben auf dem Friedhof umgeht, dass es auch hier runter kann?« Sie schluckt.

Ich öffne den Mund und schließe ihn wieder. Was weiß ich denn schon, außer dass die Gräber aufgebuddelt werden?

Es könnte alles sein. Es könnte sein, dass der Totengräber nach etwas sucht. Vielleicht ja nach etwas ganz Harmlosem?

Nur, möglicherweise ist es auch gar nicht der Totengräber, vielleicht hat es mit den Königswachen zu tun. Seit sie durch die Wälder schleichen, gibt es diese aufgebuddelten Gräber, und sie haben auch den Wassereinbruch verursacht.

Haben wir bisher nur Glück gehabt, und die Königswachen planen schon länger, uns anzugreifen?

Und was – und diesen Gedanken wage ich kaum zu denken – was, wenn es weder der Totengräber noch die Königswachen sind?

Wenn die Legende vom Fleischreißer tatsächlich wahr ist? Warum sollte eine solche Bestie auf dem Friedhof halt machen?

Ich würde gern etwas sagen, das Estelle ein wenig beruhigt, aber dann müsste ich sie wohl anlügen.

»Jon hat mir mal gesagt, er schließt nichts aus«, antworte ich schließlich.

Sie senkt den Kopf.

»Darf ich dich etwas fragen?«, beginne ich vorsichtig.

»Mh?« Sie sieht wieder auf, etwas tapferer als zuvor.

»Ich habe letztens im Gemeinschaftsraum schon beobachtet, dass du und Sam euch gestritten habt, und auch sonst sieht man euch nicht mehr zusammen.« Ich zögere einen Augenblick. »Willst du mir sagen, was los ist?«

Sobald die Frage meine Lippen verlassen hat, bereue ich es schon, denn schlagartig verändern sich Estelles Gesichtszüge. Beinahe wütend sieht sie mich an.

»Weißt du was?« Sie drückt ihren Korb mit den Wurzeln fest an sich, bereit zum Aufbruch. »Frag das Sam am besten doch selbst mal!«

Jon hat mich in die Bibliothek gerufen. Als ich durch die Tür trete, hebt er gerade eines der Bücher aus einer Pfütze auf. Von den Pergamenten trieft das Wasser auf den Boden zurück. Er hat mir den Rücken zugewandt.

»Ich möchte, dass du dir etwas vorstellst, Noel«, sagt er.

Ich starre auf die Trümmer, die morschen Regale aus Holz, abgebrochen und umgestürzt. »Okay.«

Langsam dreht er sich zu mir, das Buch immer noch in der Hand. »Stell dir vor, du bist auf dem Friedhof, du siehst vier Königswachen, die einen Mann hin- und herschubsen, einen dünnen, schwächlichen Mann. Er fällt zu Boden, krabbelt auf allen vieren. Eine der Wachen tritt ihn von hinten, und er fällt mit dem Gesicht auf den Schotter. Sie zerren ihn wieder hoch. Du siehst einen Galgen, und du weißt, dass dieser Mann gleich sterben wird. Was tust du?« Seine Augen verengen sich zu schmalen Schlitzen, unterziehen mich ihrer Prüfung.

»Ich würde ihn retten.«

Plötzlich lässt Jon das Buch fallen, es landet mit einem lauten Platschen in der Pfütze. Er kommt einen Schritt auf mich zu. »Falsch«, zischt er.

Verdutzt sehe ich ihn an. Was um alles in der Welt ist mit ihm los? Was will er von mir?

»Du verstehst es nicht!« Zum ersten Mal, seit ich ihn kenne, klingt er tatsächlich wütend. »Es war töricht, in diesen Gang zurückzutauchen. Was hast du dir dabei gedacht?«

Nachdem ich ihm von den Wachen auf dem Friedhof erzählt habe, war ich mir sicher, er würde mich auf die Sache mit dem Wassereinbruch noch ansprechen, ich hatte jedoch nicht damit gerechnet, dass er wütend sein würde.

»Lennart war noch da drin. Ich … ich konnte ihn doch nicht einfach so zurücklassen«, sage ich.

Jon schüttelt den Kopf. »Was denkst du, warum Der Herold immer zehn Wachen um sich hat? Warum, glaubst du, streift der Brennende König nicht selbst durch die Wälder?«

Einen Moment stehen wir uns schweigend gegenüber.

»Weil sie wichtig sind«, sagt er dann. »Weil sie eine Macht besitzen, weil sie Befehle erteilen müssen, weil ohne sie eine entscheidende Rolle fehlt.« Er holt einmal Luft. »Weil sie Menschen von Bedeutung sind. Genau wie du.« Jon legt mir die Hände auf die Schultern. Sie sind nass und kalt. »*Du* bist wichtig, Noel. Du besitzt wertvolles Wissen, du kannst kämpfen, du bist ein Zirkler, du hast mein Vertrauen.« Jetzt rutschen seine Hände ein Stück ab und drücken mir in die Oberarme. »Deshalb musst du entscheiden können, zwischen Heldentum und Torheit.«

Ich seufze. Und es macht mich plötzlich traurig, seine Worte machen mich unheimlich traurig.

»Es war heldenhaft, sogar sehr, was du für Lennart getan hast, und ich danke dir dafür. Aber wenn Mirlinda und Ella euch nicht gerettet hätten, wärt ihr beide gestorben.«

»Jon, ich …«, setze ich an, aber er fällt mir ins Wort.

»Nein. Du kannst einfach nur von Glück reden, dass du noch am Leben bist, und du solltest deine Taten beim nächsten Mal besser durchdenken. Zwei Menschenleben sind mehr als eins. Und wie viele weitere hast du gefährdet?« Er lässt von mir ab, sein Blick bohrt sich in meinen. »Wer weiß, wer noch auf die Idee hätte kommen können, dir zu folgen. Du hättest niemals da runtergehen dürfen.«

Ich sehe zu Boden. Noch weiß ich nicht, was ich davon halten soll.

»Denke darüber nach«, sagt Jon schließlich. »Vielleicht brauchst du nur ein bisschen Zeit.«

Widerwillig hebe ich den Kopf und nicke dann vorsichtig. Im Moment ist es vermutlich besser, nichts mehr zu sagen. Ich wüsste sowieso nicht, was ich darauf erwidern sollte. Dieses Denken von Jon behagt mir ganz und gar nicht. Niemals hätte ich Lennart dort zurücklassen können. Das hätte ich mir nie verziehen!

Eine Weile ist es unangenehm still zwischen uns. Jon geht auf und ab, ungeachtet der Pfützen, in die er hin und wieder tritt. Er trägt als einer der wenigen noch Schuhe. Dann hebt er eine Hand und legt sie an die eingerissene Steinwand, fährt die Rillen und Kanten damit ab. Inspiziert das gewaltige Loch, durch das das Wasser geflutet ist.

Ich räuspere mich vorsichtig. Jon dreht sich nicht wieder zu mir um, aber ich stelle ihm die Frage trotzdem, ich muss sie endlich loswerden.

»Was ist mit dem Wissen? Wie soll es nur weitergehen, wenn alles dahin ist?«

»Der Brennende König hätte niemals alles Wissen auf einmal vernichtet«, sagt er zur Wand gerichtet. »Es gibt eine geheime Bibliothek irgendwo tief in den Gebirgsketten des Nordens. Er hat alles Wissen dorthin verfrachten lassen. Es müssen viele Tausend Bücher sein. Wir suchen seit Ewigkeiten nach ihr, aber sie ist unauffindbar.« Er macht eine kurze Pause. »Aber wenn wir den Brennenden König einmal stürzen, dann werden wir auch die Bibliothek finden, und das Wissen wird nicht mehr verloren sein.« Die letzten Worte scheinen von dem Loch vor ihm verschluckt zu werden.

In diesem Moment habe ich das Gefühl, er will sich selbst genauso überzeugen wie mich. Seine Bibliothek ist abgesoffen, die Wände waren undicht, Königswachen sind in der Nähe, der Friedhof wird bedroht. Favilla steckt in Schwierigkeiten, in großen Schwierigkeiten. Es ist Zeit, dass Jon das einsieht.

14

Favilla. Ebene Zwei.

Die Aufräumarbeiten gehen bis spät in die Nacht, von strenger Nachtruhe keine Rede mehr. Für die letzten beiden Stundenstriche werde ich in den Gängen bei den Waschräumen dazu eingeteilt, die Knochen und Schädel wieder zurück in die Beinhäuser zu stapeln.

Auf dem Weg werfe ich unwillkürlich einen Blick auf die Knochenuhr im Gemeinschaftsraum, aber nur noch gezackte Scherben ragen aus der Holzfassung.

Ich ducke mich unter Fellen und Hemden hindurch, die zum Trocknen aufgehängt wurden, dann habe ich den richtigen Gang erreicht. Überall wuseln Schüler herum, tragen Knochen in die Grabgänge, überprüfen die Senkgräber nach Schwemmgut aus den Lagerräumen oder saugen letzte Pfützen mit Lappen auf.

Lennart winkt mir schon von Weitem. Verhalten winke ich zurück.

Ich sehe mich um, aber die anderen sind offenbar woanders eingeteilt. Kein Melvin, kein Phil, keine Sam, keine Estelle. Kein Zirkler. Nur Lennart.

Langsam habe ich das Gefühl, dass er mich verfolgt.

Ich steige über ein paar Totenköpfe. Wie Biberdämme stapeln

sie sich übereinander, vom Wasser dorthin geschwemmt. Scheinbar zufällig haben sich diese Haufen über die ganze Ebene Zwei verteilt. Als hätten sie sich extra versammelt, um mich aus leeren Augenhöhlen zu beobachten.

Lennart zeigt auf die Nischen in den Wänden. »Ich habe sie schon bis zur Hälfte aufgefüllt«, erzählt er mir stolz. »Ganze fünfunddreißig Tote ergeben sie zusammen.« Er redet von den Totenschädeln, als handle es sich dabei um Feuerholz.

»Ah«, sage ich und sammle ebenfalls ein paar Knochen vom Boden auf, um sie danebenzuschichten. Dann gehe ich die nächsten Schädel holen. Als ich zurückkomme, sehe ich, wie Lennart die Knochen zurechtrückt, die ich eben aufgestapelt habe. Ich habe sein System durcheinandergebracht. Er bemerkt, dass ich ihn beobachte, lässt die Hände ertappt fallen.

»Weißt du, wie ich mir die Wege hier eingeprägt habe?«, sagt er.

»Nein, wie?«

»Ich bin sie in den freien Stunden abgelaufen. Einmal hin und dann wieder zurück. Für die Abzweigungen habe ich die Fackelhalterungen und meine Schritte gezählt. Ich habe sie als Einheit gedacht und mir im Kopf eine Karte gemalt.« Seine Augen funkeln geradezu. »Ich habe mich seither nicht einmal verlaufen.«

Übereifrig dreht er sich wieder um und legt einen nächsten Totenschädel ins Beinhaus, er muss die Arme strecken, während ich noch ohne weitere Probleme hinkomme.

»Soll ich dir helfen?«, frage ich.

»Geht schon.« Er klingt, als hätte er beim Sprechen die Luft angehalten, doch als er den Totenschädel absetzt, purzelt die ganze Reihe mit lautem Getöse auf den Boden. Ich versuche, ein paar der Schädel abzufangen, aber die meisten bleiben vor meinen Füßen liegen.

Ich seufze. Das kann noch was werden.

»Oh nein.« Lennart zeigt mir die Zähne. »Entschuldige.« Hastig beginnt er, sie wieder einzusammeln, packt sich gleich drei Stück auf einen Arm. Auf zittrigen Zehenspitzen will er sie zurücklegen – das wird erneut schiefgehen.

»Lennart«, unterbreche ich ihn »Lass mal, ich mache das.«

Und plötzlich halte ich inne. Ich höre mich genauso an wie früher. Genauso habe ich mit Claire auch geredet, genauso war mein Tonfall, wenn ich ihr was wegnehmen oder ihr bei einer Sache helfen musste.

Auf einmal kann ich mich gar nicht mehr leiden, wenn ich mich so sprechen höre. Das gehört nicht hier nach Favilla. Lennart guckt mich aus seinen Insektenaugen so prüfend an, dass ich am liebsten auf der Stelle wegrennen will.

»Noel, alles okay?«, fragt er mich, und ich könnte an die Decke gehen, wenn er meinen Namen die ganze Zeit so ausspricht. Kann er mich nicht einfach in Ruhe lassen? Beinahe zerdrücke ich den Schädel, den ich Lennart gerade aus den Händen gerissen habe, zwischen meinen Fingern. Was ist nur los mit mir?

»Vielleicht sollten wir dir einen Hocker holen oder irgendetwas, wo du dich draufstellen kannst«, sage ich mühsam beherrscht.

Lennart nickt eifrig, wie so oft, sein Kopf sieht dabei irgendwie wacklig auf dem dünnen Hals aus.

»Ich suche dir etwas«, sage ich.

»Ich gehe mit.«

Schlagartig steigt mir die Hitze in den Kopf. »Nein!«, platzt es zu laut aus mir heraus. »Nein, Lennart, ich schaffe das alleine.«

Ich werde noch wahnsinnig! Ich muss wirklich hier weg. Auf der Mitte des Gangs bemerke ich, dass ich den Totenschädel immer noch krampfhaft umklammere. Höhnisch starrt er zu mir auf.

Ich verstehe ja, dass Lennart Zeit mit mir verbringen will. Ich verstehe ja, dass er dankbar ist. Aber ich kann das einfach nicht mehr.

Bei der nächsten Abzweigung habe ich mich wieder ein wenig beruhigt. Sofort macht sich das schlechte Gewissen bemerkbar, aber auch das kann ich nicht gebrauchen.

Es war alles gut in Favilla, so, wie es war.

Ich will mich nicht mehr sorgen müssen, nicht um Lennart, um niemanden. Jon setzt auf mich, Favilla ist in größter Gefahr, wenn ich zulasse, dass ich mein ganzes Handeln auf andere ausrichte, dann verliere ich dieses neue, beflügelnde Gefühl, das ich hier kennenlernen durfte. Wahrscheinlich verliere ich dann mich selbst.

Ich lege den Totenschädel in eines der Gräber.

Ist es falsch, dass ich so denke? Bin ich ein schlechter Mensch, wenn ich diese Gedanken habe?

Ich laufe ziellos umher. In einer Sackgasse bleibe ich stehen, starre die Wand vor mir an. Ich presse meine Hände dagegen und lehne meine Stirn an den kühlen Stein.

Ich will mich wieder frei fühlen.

Wenn ich ganz ehrlich bin, ist es das, was ich wirklich will.

Ich habe alles für Lennart getan, was ich konnte.

Lass es gut sein, Noel.

Ich kann nicht alles auf einmal schaffen. Ich will mich doch nur frei fühlen.

In der nächsten Nacht auf dem Friedhof halte ich Sam unterwegs zum Wachtposten am Zipfel ihres Leinenhemds fest. Ich möchte kurz vor dem großen Grabstein mit dem Buchstabenblock und dem Flammenkreis stehen bleiben.

»Wusstest du, dass dort der Gründer von Favilla begraben ist?«, frage ich, den Blick immer noch auf den glatten Stein geheftet.

Sie schüttelt den Kopf. »Aber aus seinem Manifest weiß ich von der *Nacht des Chronisten.*«

Jon hatte mir schon nach einer meiner ersten Zirkelsitzungen das Manifest seines Urahnen zum Lesen gegeben. Nathanael Hood war der Gründer von Favilla. Er hat die Wahrheit darüber festgehalten, was vor Hunderten von Jahren in jener unheilvollen Nacht, die heute die *Nacht des Chronisten* genannt wird, geschah, als der rechtmäßige König von seinem Freund und Historiker – dem Chronisten – gestürzt wurde.

Es ist ein unersetzbar wertvolles Schriftstück, das ich Jon sofort nach dem Lesen wieder zurückgeben musste. Doch erst nach unserer letzten Nachtwache bin ich auf die Idee gekommen, ihn nach diesem Grabstein zu fragen. Nun ist es beinahe ein ehrfürchtiges Gefühl, davorzustehen und zu wissen, dass es sich dabei um die letzte Ruhestätte des Gründers handelt.

»Jon sagte mir, der Gründer habe diese Inschrift selbst verfasst. Er fing sich das Höhlenfieber in den vermauerten Minen ein, vielleicht wurde er auch vergiftet, wer weiß das schon. Jedenfalls war es sein letzter Wunsch, dass genau diese Buchstaben auf seinem Grab stehen.« Ich schlucke. »Sein letzter Wille war es, genau hier und genau so begraben zu werden.«

Sam schmunzelt. Ich drehe den Kopf zu ihr. »Was ist denn?«, frage ich.

»Nichts«, sagt sie. »Ich sehe dir nur gerne beim Grübeln zu.«

Ich streiche ihr eine Haarsträhne hinters Ohr. »Tust du das?«

Sie grinst. In meinem Bauch wirbelt es.

»Manchmal beißt du dir dabei auf die Wange«, sagt sie.

»Wirklich?« Ich lache auf.

Jetzt wäre genau der richtige Moment, sie zu küssen, und wenn ich auf ihre Lippen schaue, dann drehe ich fast durch, weil ich es nicht tun kann.

Ich hätte Estelle nicht fragen dürfen. Es wäre besser gewesen, wenn ich einfach den Mund gehalten hätte. Aber das Misstrauen nistet bereits überall in meinen Gedanken.

Sam hakt ihre Finger in eine Schnalle meines Lederwamses.

»Komm schon, wir sollten zum Wachtposten.«

Ich nicke und werfe einen letzten Blick über die Schulter auf den Grabstein, Jons Stimme in meinen Ohren: *Es ist verrückt, dieser Mensch, mein Urahne, hat Favilla gegründet, und was ist von ihm übrig geblieben? Ein Amulett und die wirre, in seinen Fieberträumen verfasste Inschrift auf dem Grabstein.*

Wir laufen über den Schotterweg, unsere Schritte im Einklang.

Der Nebel umhüllt uns wie eine Decke. Er ist heute fast so dicht wie in der ersten Nacht, als ich allein hier oben war.

Nur eine gute Sache gibt es daran: Ich kann die neuen aufgebuddelten Gräber nicht zählen.

Von oben auf dem Hügel ist das Flügeltor lediglich als verschwommener, schwarzer Schemen im Weiß zu erkennen. Aber man würde es sofort hören, wenn jemand den Friedhof betritt.

Jeder schweigsame Augenblick fühlt sich in dieser Nacht seltsam aufgeladen an. Aufgeladen mit Ungesagtem und Ungetanem.

Lucas war mein bester Freund. Bis mir Jon die Wahrheit gesagt hat, habe ich in ganz Favilla nur ihm getraut. Und was hat er gemacht? Er ist einfach abgehauen.

Ich setze mich hin und krampfe die Hände in den Boden, spanne den ganzen Körper an.

Erst jetzt merke ich, wie sehr mich das noch immer mitnimmt, und ich will nicht, dass mir so etwas noch mal passiert.

Ich weiß, dass ich sie küssen sollte. Aber ich weiß auch, dass sie mir irgendetwas verheimlicht.

»Woher warst du dir beim letzten Mal so sicher, dass die Wachen hier nichts suchen?«, durchbreche ich das Schweigen.

Sie sieht beinahe gleichgültig zu mir auf, dann zuckt sie mit den Schultern. »Das hat man ihnen doch angesehen.«

Ich merke, wie mein Puls rast, und ich verstehe nicht, weshalb ich mich überhaupt so aufrege. Ob es wegen ihrer Egal-Haltung ist oder vielmehr, weil ich sie eigentlich sehr gern küssen würde und es aber einfach nicht kann?

Frag sie doch selbst, hat Estelle zu mir gesagt.

Könnte ja auch sein, dass es nur so ein Freundinnen-Ding zwischen den beiden ist, das mich gar nichts angeht.

Wieder herrscht Stille zwischen uns.

Ich blicke sie von der Seite an, mir fällt auf, wie lang ihre Wimpern sind.

Ich müsste jetzt nur noch ein kleines Stück näher rücken. Ich müsste nur die Hand in ihren Nacken legen. Es ist ganz einfach.

Sie lehnt ihren Kopf auf meine Schulter. Ich grabe meine Nase in ihr Haar, und zum ersten Mal kann ich ihren Duft auskosten, kann sie einfach nur halten, sie ganz bei mir haben.

Frag sie doch selbst, hat Estelle gesagt.

Und überhaupt – ich will mich nicht schon wieder sorgen müssen. Das habe ich hinter mir gelassen, ich …

»Sam«, sage ich.

»Mhh?«

Ich schlucke. »Warum hast du Streit mit Estelle?«

Sie nimmt den Kopf von meiner Schulter, richtet den Blick vor uns in den Nebel, ihre Lippen sind leicht geöffnet. »Musst du denn immer alles wissen?«, murmelt sie.

Ich stütze mich mit den Händen in der Erde ab, sehe sie unentwegt an. »Ich habe das Gefühl, dass du mir etwas Wichtiges verschweigst.«

»Selbst wenn es so wäre, geht es dich nichts an«, zischt sie und rutscht ein Stück von mir weg.

Ich ziehe sie am Arm zurück. »Was hast du getan, dass sie kein Wort mehr mit dir spricht?«

Sie schaut auf meine Hand, die ihr Gelenk umschließt. Meine Haut ist dunkler als ihre, die Hand kräftig, ihr Handgelenk dünn und weiß. Dann hebt sie den Kopf, ihre Augen glänzen. »Ich kann es dir nicht sagen. Bitte dräng mich nicht«, haucht sie.

»Sag es mir doch!«, ich gebe nicht nach.

Ich bin mir jetzt ganz sicher: Es hat etwas mit ihrem seltsamen Verhalten zu tun, als die Wachen auf dem Friedhof waren. Und damit, dass sie nie von ihrer Vergangenheit erzählen möchte. Etwas geht in ihr vor, und ich kann ihr nicht vertrauen, bevor ich nicht weiß, was es ist.

»Man muss nicht immer über alles *reden*«, faucht sie.

Ich lasse von ihr ab. Ich merke, dass sie eine Schutzwand um sich herum aufgebaut hat, eine, die ich so nicht durchdringen kann.

Ich schnaube. Sie schnaubt.

Wir reden kein Wort mehr. Es ist eisig. Ich beobachte die Schlieren im Nebel. Wie kleine kriechende Schlangen, die sich in meinem Kopf zu merkwürdigen Bildern formen.

Sam verheimlicht mir etwas.

15

Favilla. Lager.

An diesem Morgen bin ich in den Lagerräumen eingeteilt. Die Regale, die einst zur Halterung der Waffen dienten, liegen zerbrochen am Boden. Überall riecht es nach nassem Leder und morschem Holz.

Johanna und Callan rollen ein paar umgefallene Fässer über den Stein. Andere Schüler stecken die unversehrten Waffen wieder zurück in die Eisenhaken an der Wand. Hauptsächlich Hiebwaffen: Morgensterne, Streitflegel, Äxte, Streithämmer, …

»Noel!« Mirlindas Gesicht hellt sich auf, als sie mich entdeckt. Sie winkt mich zu sich. »Du kannst mir mit der Truhe helfen.«

»Sicher«, sage ich und komme auf der anderen Seite der Kiste zum Stehen. Ich umfasse den Eisengriff, Anpackaufgaben sind langsam zu meiner Routine geworden.

Es ist komisch, Mirlinda gegenüberzustehen, vielleicht fühlt Lennart sich ähnlich in meiner Gegenwart. Unsäglich dankbar und irgendwie auch schuldig.

Wir heben an, die Truhe ist wirklich schwer, aber Mirlinda hat erstaunlich viel Kraft. Wir setzen nicht ab, bis wir sie in die Nebenkammer getragen haben.

Mirlinda stützt die Hände in die Hüften. Atmet durch. »Danke«, bringt sie unter Keuchen hervor.

»Keine Ursache.«

Ich sollte diesen Moment nutzen, bevor sie wieder zu den anderen zurückkehrt. »Mirlinda …«, beginne ich.

Doch da schüttelt sie den Kopf. »Ich weiß, was du mir jetzt sagen willst, Noel.« Sie lässt sich auf die Truhe sinken. Ein seltsames Lächeln spielt dabei um ihre Lippen. »Ich will deine Dankbarkeit nicht. Nicht an einem Ort wie diesem«, ihre Worte sind ungewohnt scharf. »Schon morgen könnte ich nach deinem Leben trachten, weil du dich doch gegen uns stellst. Keiner weiß, was passiert. Dankbarkeit hat in Favilla nichts zu suchen.«

Meine Kehle ist staubtrocken. Dann stützt sie sich an den Oberschenkeln ab und steht wieder auf, lächelt mich so freundlich an wie zuvor.

»Holen wir die nächste Kiste?«

Ich nicke langsam und folge ihr wortlos zurück in den großen Lagerraum.

Vielleicht sind Mirlinda und ich uns gar nicht so unähnlich. Auch ich will Lennarts Dankbarkeit nicht. Vielleicht ist der Grund ein anderer, aber ich kann sie verstehen. Auf einer seltsamen Ebene kann ich sie verstehen.

Ich bin noch etwas benommen vom Schlaf, als ich mit den anderen die Treppen zu Ebene Eins hinaufstürme. Der Dürre hat uns nachts aus den Betten geholt, den ganzen Zirkel. Wir sollen uns in der Krankenstation treffen. Unterwegs sprechen wir kein Wort, die dunklen Wände drehen sich. Die hektische Stimmung fühlt sich unheilvoll an.

Der Dürre führt uns nicht in den Hauptraum, sondern direkt

vom Seiteneingang ins Nebenzimmer, wo Jon schon auf uns wartet. Er trägt die weißen Handschuhe. Das kann nichts Gutes verheißen.

Hinter ihm kauert Ellinor auf einem Stuhl, sie hat das Gesicht in den Händen vergraben. Ihre Hände sind blutig, ihre Arme sind blutig, und – jetzt sieht sie kurz auf – auch ihr ganzes Gesicht ist rot beschmiert. Die Farbe blendet fast in den Augen.

Ellinor sollte eigentlich auf dem Friedhof sein, sollte Nachtwache mit Nora halten. Es liegt in der Luft, ich kann es in Jons Ausdruck sehen, in den angespannten Körpern spüren, die sich neben mir drängen: Etwas Schreckliches ist passiert.

»Es tut mir leid«, sagt Jon, und der Schock bohrt sich noch tiefer in meine Brust.

Mir wird übel. Melvin neben mir ist wie erstarrt. Irgendjemand schluchzt unterdrückt.

»Nora wurde angegriffen. Ellinor hat ihre Leiche hergetragen.«

Es fühlt sich an, als würde das Blut, das sonst durch meine Adern pulsiert, sich in Stein verwandeln und mich von innen zerquetschen.

Liv schreit hinter mir auf, so als würde der Schmerz ihre Kehle zerfetzen. Ich drehe mich zu ihr um, sie presst die Hände vor den Mund, wirft den Kopf an Melvins Schulter und schluchzt hinein.

Ich bringe noch immer keinen Laut hervor. Ich sehe nach rechts. Sam steht einen Schritt von mir entfernt. Sie hat die Arme fest um den Körper geschlungen, ihr Blick ist starr nach vorn gerichtet, leer. Ich ziehe sie an der Hüfte zu mir, sie löst ihre verschränkten Arme dabei nicht.

Ein Zirkelmitglied wurde getötet. Nora ist tot.

Erst vor wenigen Tagen war ich mit Sam da draußen. Dort, wo nun etwas Nora umgebracht hat.

Jon hat die Augen seltsam aufgerissen, im Kerzenlicht der Krankenstation sieht sein Gesicht gelblich aus, wächsern. »Es waren keine Königswachen, die Wunden könnten von einem wilden Tier stammen, wir wissen es nicht, aber eines steht fest …«

Hinter mir versucht Liv, die Schluchzer zu unterdrücken.

»Wir werden nicht mehr auf den Friedhof gehen. Es ist zu gefährlich. Wir werden die Wachen an den Eingängen verdoppeln, aber keiner wird diese Mauern verlassen. Wir müssen in Favilla ausharren. Bewaffnet euch und geht sofort zu den Eingängen. Was es auch war, wir wissen nicht, ob es in diesem Moment noch da oben ist.« Seine Stimme frisst sich wie Säure zu uns durch. »Geht.«

Er wendet sich einmal zum Dürren. »Theodor, die Waffen.«

Der Dürre nickt. Das Gesicht blass wie immer. Es schüttelt mich.

»Noel, du bleibst hier«, sagt Jon. Ich bleibe abrupt stehen, fange mir ein paar verwirrte Blicke der anderen ein. Erst als sie aus der Krankenstation verschwunden sind, gehe ich zu Jon.

Er senkt die Stimme. »Rede mit ihr, versuche, sie zu beruhigen.«

Ich sehe über seine Schulter zu Ellinor, die immer noch völlig apathisch auf dem Stuhl sitzt. »Wieso ich? Ich kenne sie kaum«, flüstere ich aufgebracht zurück.

»Sie braucht jemanden in ihrem Alter, mit dem sie sprechen kann. Ich weiß, wie gut du reden kannst, Noel. Hilf ihr, bitte.«

»Ich kann das nicht«, sage ich.

»Natürlich kannst du das«, sagt Jon, immer noch ruhig, und dann drückt er mir etwas in die Hand. Ich muss nicht nachsehen, um zu erkennen, was es ist. Ich rieche den bitteren Duft, der davon aufsteigt: Schlafkräuter.

»Die gibst du ihr danach.«

Ich sehe Jon hinterher, wie er im Hauptzimmer verschwindet.

Dann bleibe ich mit Ellinor zurück. Sie wirkt, als hätte jegliches Leben sie verlassen.

Langsam gehe ich auf sie zu. Ich ziehe behutsam mit den Fingerspitzen ihre Hände vom Gesicht. Blaue Augen sehen mich an, rot geschwollen, mit Tränen gefüllt, die Haut darum beschmiert mit Noras Blut, genauso wie meine Finger jetzt auch.

»Wir sind für dich da, okay«, sage ich, aber meine Worte hören sich komisch an, hängen leer im Raum.

Sie nickt nicht einmal. In ihrem Gesicht verändert sich rein gar nichts, nur eine stille Träne läuft ihre Wange hinunter und zeichnet eine helle Linie in das Rot auf ihrer Haut.

Weil ich nicht länger dieses traurige Mädchen ansehen kann, lege ich die Hand an ihren Kopf und drücke sie an mich. Ich halte sie ganz fest. Denn egal, was ich jetzt sagen würde, nichts kann Nora wieder zurückholen.

Erst Mael, jetzt sie. Wie viel kann Favilla noch aushalten?

Ellinor krallt ihre Finger in meine Hüfte, und neue Schluchzer brechen aus ihr heraus.

Das Leinenhemd an meiner Schulter wird nass von Tränen und Blut. Das darf nicht wirklich passiert sein! Meine Augen brennen fürchterlich, ich halte sie einfach immer weiter.

Irgendwann sehe ich ins Hauptzimmer von Jon, aber ich kann nichts erkennen.

Ein bisschen ist es wie damals, als ich fürchtete, der tote Lucas-Körper könnte dort liegen und ich würde ihn durch den Türschlitz sehen.

Nur diesmal liegt wirklich eine Leiche in der Krankenstation.

Der Gedanke trifft mich plötzlich ganz tief: Was, wenn es Sam wäre, die dort liegt, wenn statt Nora sie auf dem Friedhof angegriffen worden wäre?

In meiner Brust verschließt sich etwas. Die letzten Worte, die ich zu ihr gesagt habe, waren vorwurfsvoll und wütend. Ich habe sie zurückgewiesen. Ihre letzte Erinnerung an mich wäre mein kaltes Misstrauen.

Ich presse Ellinor noch fester an mich. Mit einer Hand lasse ich die Schlafkräuter in einen Trinkschlauch rieseln, den Jon bereitgestellt hat. Ich höre ein leises Zischen und sehe zu, wie sie sich auflösen.

Sam. Es ist egal, was ich über sie weiß und was nicht. Es spielt keine Rolle, ob sie Streit mit Estelle hat oder nicht – an einem Ort wie diesem sollte ich die Zeit, die wir haben, nicht mit wirrem Misstrauen vergiften. Estelle kann sagen, was sie will. Und Sam muss Geheimnisse haben dürfen. Sie hat es nicht verdient, dass ich so zu ihr bin.

Ellinors Weinen wird nur langsam weniger, manchmal, wenn ich denke, sie habe sich wieder beruhigt, fängt sie wieder von vorne an.

Ich weiß, dass ich jetzt stark sein muss, und wenn ich sie so halte, merke ich, dass ich es kann. Ich will wissen, wo sie Nora gefunden hat, warum sie getrennt waren, ob sie gesehen hat, was es war, das sie angegriffen hat.

Ich halte Ellinor an den Schultern und bringe vorsichtig etwas Abstand zwischen uns, streiche ihr eine schwarze Haarsträhne aus dem Gesicht, dann halte ich ihr den Trinkschlauch entgegen.

»Nimm was davon, es wird dir helfen.« Ich lege die Öffnung an ihren Mund, ich muss sie während des Trinkens stützen.

Ihre Glieder geben nach wie totes Fleisch. Wenn ich es doch nur besser machen könnte!

Ich warte so lange, bis sie eingeschlafen ist, dann trage ich sie auf das Krankenbett. Ich bette ihren Kopf sanft auf das Fell und decke sie vorsichtig mit einem Laken zu. Wenigstens ist sie für eine Weile vom Schmerz befreit.

Ohne anzuklopfen, trete ich ein.

Jon sagt nichts, als ich plötzlich im Raum stehe, er ist über ein Stück Pergament gebeugt, auf dem er gerade Noras toten Körper mit einem Kohlestift abzeichnet.

Vielleicht denkt er, ich kann diesen Anblick nicht ertragen und verlasse den Raum gleich freiwillig, aber ich will meine Augen nicht vor dem verschließen, was passiert ist. Ich möchte sogar, dass Jon bemerkt, dass ich nicht wegsehe.

Es ist nicht echt. Noras Körper sieht völlig unwirklich aus. Ihr Kopf liegt auf der Seite, die braunen, langen Haare ergießen sich über die hölzerne Liege. In ihrem Bauch klafft eine riesige Wunde. Sie reicht vom Brustbein bis zu ihren Hüften. Noch nie habe ich einen so gewaltigen Schnitt gesehen, als habe ein wildes Tier seine Klauen in sie geschlagen, sie aufgeschlitzt wie ein Stück Stoff.

Zuerst erkenne ich überall nur Blut, aber dann beuge ich mich weiter vor. Die Organe und alles, was man uns in Anatomie erzählt hat, sind wirklich dort in uns drin. Die Haut und das Fleisch sind in einer fingerbreiten Schicht nach innen geklappt. Glitschige Gedärme gucken wie runzlige graue Rohre aus dem Rot hervor.

Und von dieser Menge Blut geht ein ganz schwerer Geruch aus, ein bisschen so, wie es manchmal im Bergwerk riecht, nur viel intensiver.

Noras Augen sind noch offen, ihr Mund ist offen. Als wäre der Schrecken, dem sie vor ihrem Tod ausgesetzt war, in ihr eingebrannt. Als hätte man ihrem vertrauten Gesicht etwas Fremdes aufgesetzt. Ich möchte es plötzlich wiedergutmachen, aber ich weiß gleichzeitig gar nicht, was *es* eigentlich ist.

Mir wird kalt. Nicht nur auf meinen Armen, sogar auf meiner Kopfhaut stellen sich plötzlich die einzelnen Haare auf.

»Die Leichenstarre setzt gleich ein«, sagt Jon und zeichnet dabei weiter. »Bei Raumtemperatur beginnt sie etwa nach ein bis zwei Stundenstrichen. Sie fängt bei den Augenlidern und dem Kiefer an, dann bei den kleinen Gelenken.« Er deutet auf Noras blasses Gesicht. »Die Muskeln erstarren.«

»Jon«, sage ich entschlossen. Zum ersten Mal, seit ich den Raum betreten habe, sieht er mich richtig an. »Was willst du jetzt tun?«

»Das, was ich soeben unternommen habe«, sagt er über Noras toten Körper hinweg.

»Die Wachen an den Eingängen verdoppeln?«, frage ich etwas schroff.

»Ja.«

Ich schüttle den Kopf. »Dabei kannst du es nicht belassen. Irgendetwas läuft dort oben herum, ein Tier, eine Bestie, der Fleischreißer, ich weiß nicht, wer oder was es ist, aber du kannst doch nicht einfach hierbleiben und ihren toten Körper inspizieren, wenn vielleicht ganz Favilla in höchster Gefahr schwebt.«

Jon legt seinen Stift aus der Hand und richtet sich auf. »Was würdest du stattdessen tun?«, fragt er immer noch völlig beherrscht. »Jetzt rausgehen und uns entlarven?« Er deutet auf das riesige blutende Loch in Noras Bauch. »Gegen so etwas kämpfen?«

Er guckt mich an. Meine Handflächen sind schweißnass, aber ich wage es nicht, sie trocken zu wischen. Nicht vor ihm.

»Ich habe nie an deinen Befehlen gezweifelt, Jon. Das hier ist vielleicht der sichere Weg, aber was, wenn wir einen großen Fehler begehen?«

Jon rückt den Stift auf seinem Pergament zurecht. »Die Schüler sind zwar für den Kampf ausgebildet, aber lass es ein Tier sein, das dort oben herumwandert. Damit haben wir keine Erfahrung, es könnte möglicherweise nur darauf warten, dass wir uns ihm entgegenstellen. Oder hast du schon mal daran gedacht, dass es eine Falle der Königswachen sein könnte?«

»Eben! Wir müssen doch herausfinden, was vor sich geht!«, dränge ich.

Jon schweigt. Sein Blick ist starr auf die Wand gerichtet. Ich will etwas sagen, lasse es dann aber. Bin ich zu weit gegangen? Habe ich mir ihm gegenüber zu viel rausgenommen?

Die Zeit dehnt sich.

Schließlich nickt Jon einmal energisch. »Es stimmt. Du hast recht. Du wirst dich um die Angelegenheit kümmern«, er nimmt die Zeichnungen wieder in die Hand. »Aber wir werden es in der morgigen Nacht tun. Und du wirst Sam auf den Friedhof mitnehmen.«

Bei ihrem Namen wird mir plötzlich ganz anders. Das war nicht der Plan! »Nein, ich kann sie nicht mitnehmen.« Mein Augenlid zuckt.

Jon stützt sich jetzt mit beiden Händen etwas grob auf der Liege von Nora ab. »Doch, das wirst du, Noel. Theodor wird euch durch einen Geheimgang nach draußen schicken. Der Haupteingang ist zu auffällig. Was auch immer da draußen ist, es muss sich sicher fühlen, ihr müsst euch unbemerkt anschleichen können.« Er macht kurz eine Pause. »Ihr müsst es überraschen.«

»Ich will sie nicht mitnehmen«, sage ich noch einmal, meine Stimme bebt. Dabei ist mir längst klar, dass ich gar keine andere Wahl habe.

16

Lavis. Friedhof.

Ich kann die grauen Flecken im Mond erkennen. Die Nacht ist klar, keine einzige Wolke über uns. Aber das macht uns nur noch angreifbarer.

Der Geheimgang hat uns zu den *Fremden Gräbern* geführt, hinter die lang gezogene Anhöhe des Friedhofs, die den östlichsten Teil der Grabfelder vom Rest trennt. Sam und ich müssen die Fackeln hier zurücklassen, uns bleibt nur noch das Mondlicht, nichts darf riskiert werden.

Nach der Sache mit Nora ist es wieder anders zwischen mir und Sam. Als hätten wir uns stumm vertragen. Uns ist klar, dass wir das nur durchstehen, wenn wir zusammenhalten.

Hohes Gestrüpp und Unkraut kriechen zwischen den Gräbern hervor. Die Grabsteine ragen in einer seltsamen Ordnung aus dem Boden, als bildeten sie ein ganz bestimmtes Muster. Vielleicht ein Symbol? Aber von unserem Standpunkt aus lässt sich das nicht eindeutig erkennen.

Die Grabsteine sind unbeschriftet, sodass kein Mensch je erfahren wird, wer oder was hier begraben liegt. Sie sind bewachsen mit Flechten und Moos, es kommt mir vor, als wäre dieser Ort seit Jahrhunderten unberührt.

Wir drücken das hohe Gras unter unseren Schuhen platt. Die langen Halme berühren mich an den Waden, es fühlt sich an, als würden die Finger eines Toten nach mir greifen.

Ein morscher Holzzaun rahmt die *Fremden Gräber* ein. *Wie ein Friedhof im Friedhof.*

Nur an einer Stelle ist er zerstört, als wäre dort etwas Großes durch das Holz gebrochen. Die Dornen eines Strauchs stechen durch meine Leinenhose. Obwohl es kalt ist, bilden sich Schweißperlen auf meiner Oberlippe. Ich wische mir mit dem Handrücken über den Mund.

Sam geht ein paar Schritte vor mir. Hinter der Anhöhe erscheint der Friedhof noch lebloser, als sei selbst der letzte Rest Farbe verschwunden, als wäre das Gras sogar bei Tageslicht grau. Geduckt bewegen wir uns hinter dem Hügel entlang.

Neben uns erstreckt sich der *Tote Bereich* – nur öder, rissiger Boden weit und breit.

Sams Zopf bewegt sich im Wind. Wie ein nervöses Tier, das über ihren Rücken huscht.

Es war meine Idee, hier rauszugehen, ganz allein meine. Jon hätte sie nicht mitschicken dürfen. Ich habe Angst um sie.

Ständig wollen sich Bilder einschleichen: wie sich die Erde vor ihr öffnet, der Boden sich löst und sie hinabzieht, hinter ihr das Grummeln der Bestie …

Sam bleibt plötzlich stehen und dreht sich zu mir um. Sie zögert, betrachtet zunächst misstrauisch die Dunkelheit hinter mir, dann sinken ihre Hände auf meinen Brustkorb. Ich kann sie durch die Lederrüstung kaum spüren, aber mein Herz darunter pocht wie verrückt.

»Wir sollten die Anhöhe raufklettern«, flüstert sie atemlos. Ich nicke und kann dem Drang nicht widerstehen, die Spinnweben von ihren Schultern zu streifen, die wohl in den Geheimgängen hängen geblieben sein müssen. Sie sieht meiner Bewegung nach, und als meine Hand kurz auf ihrer Schulter verweilt, schmiegt sie ihre Wange daran.

»Wir werden das schaffen, Sam.«

Sie hebt den Kopf. »Natürlich«, flüstert sie.

Die ersten Schritte steigen wir hoch, dann krabbeln wir auf allen vieren. Ich greife mit der Hand in die kleineren hervorstehenden Erdhaufen, reiße Wurzeln mit aus, stoße die Schuhe in Unebenheiten am Boden, um nicht abzurutschen. Es sind noch etwa vier Schritte bis zum höchsten Punkt.

Das Bild von Noras Leiche schießt durch meinen Kopf. Es hat sich dort eingebrannt. Unveränderlich, wie das Symbol an meiner Hüttentür. Es gibt nichts, das Jon ausschließt. Was, wenn sie also doch wahr sind? Diese ganzen Legenden.

Wir sind oben angelangt, ich kralle die Finger in das stachlige Gras.

Sam tippt mir aufgeregt auf die Schulter.

»Was siehst du?«, frage ich.

»Da.« Sie deutet mit dem Finger geradeaus.

Ein schwarzer Schatten in der Ferne. Seltsame Konturen, die sich in der Dunkelheit abzeichnen.

»Wir müssen hinterher«, flüstert Sam.

Ich sehe einmal zum Flügeltor. Es ist geschlossen, wirkt, als wäre nie jemand hindurchgegangen. Der Totengräber muss noch in den Dörfern sein.

Trotzdem. Ich habe kein gutes Gefühl. Ich schwitze immer mehr. Was bleibt mir jetzt noch übrig?

»Gehen wir«, sage ich schließlich, und meine Stimme klingt, als gehöre sie nicht zu mir.

Die Gräber stehen auf einmal dichter, die Luft ist kälter, die Statuen sind größer. Ihre Blicke bohren sich in meinen Nacken, und fast glaube ich, sie könnten sich untereinander verständigen. Wer weiß denn, warum sie genau an dieser Stelle stehen?

In der Stille ist jedes Geräusch unnatürlich laut, das Rascheln der Blätter, selbst unser Atem. Genau an der Grenze des Wahrnehmbaren. Wir sind nicht mehr weit von den seltsamen Bewegungen im Dunkeln entfernt, der Schatten ist nun wieder bei den Flügelgräbern auszumachen. Sind es die Umrisse eines Menschen?

Wir verbergen uns hinter einem Baumstamm. Verharren dort.

Ein Röcheln dringt durch die Dunkelheit zu uns. Dann ein Schaben. Ich schiele noch einmal am Baum vorbei. Der Schatten bewegt sich vor dem Grab des Gründers.

Gräbt dort die Schaufel eines Menschen, oder sind es die Klauen eines Tieres?

Ich drücke meine Hände fest gegen den Baumstamm, kratze mit den Nägeln in die Rinde. Mein ganzer Körper steht unter Spannung.

»Wir müssen näher ran.« Ich zucke zusammen, aber es ist nur Sam. Sam, die mir zuflüstert.

Komm runter, Noel!

Ich nicke. »Wir schleichen uns hinter die nächsten beiden Gräber, und wenn ich dir ein Zeichen gebe, stürmen wir los.«

»Gut«, sagt sie und drückt einmal meine Hand.

Vorsichtig schleichen wir an einer Reihe Sträucher vorbei.

Sie stehen nicht dicht genug, schneller, man wird uns sehen können!

Wir schaffen es hinter den nächsten Stein. Ich spähe zur Seite, aber der Schatten ist verschwunden.

Wir warten. Für einen Augenblick nehme ich nur meinen rasenden Puls wahr.

Die Geräusche setzen wieder ein. Wieder beim Grab des Gründers.

Ich kneife die Augen zusammen. Kleine Erdhaufen fliegen in die Luft und fallen wieder zu Boden. Etwas oder jemand buddelt!

Wahrscheinlich schon eine ganze Weile, denn das Grab des Gründers sieht vollkommen verwüstet aus, der Felsblock liegt bereits zu großen Teilen frei.

Wieder dieses Schaben. Jedes Geräusch zieht knirschend in meinen Zähnen.

Sam und ich sitzen uns in der Hocke gegenüber. Ich zähle mit den Fingern bis drei. *Eins.* Wir könnten einen großen Fehler begehen. Das da drin könnte eine Bestie sein, die uns mühelos zerfleischt, wir wissen es nicht. *Zwei.* Aber es gibt kein Zurück mehr. Keine andere Wahl.

Ich atme aus.

Drei!

Wir springen gleichzeitig auf. Sam hält das Schwert bereit, ich die Axt. Wir rennen auf das klaffende Loch zu, sind da, strecken die Waffen nach unten, dem Dunkel entgegen.

Kurz blitzt vor meinem Gesicht das Bild des Fleischreißers aus meinem Traum auf. Die riesigen Fangzähne und das Blut in den Lefzen.

Aber es ist eine dunkle Gestalt, die nun in ihrer Bewegung innehält. Wir sind genau über ihr.

»Zeig dich!«, schreit Sam.

Langsam legt die Gestalt den Kopf in den Nacken.

Mein Atem stockt.

Die Kapuze rutscht vom haarigen Kopf.

»Halt! Nicht!«, ruft die krächzende Stimme. »Tötet mich nicht!«

»Du?«, schreie ich. Aus der Erde starren mich die grauen Augen des Totengräbers an.

»Ich habe es nicht gewollt!«, ruft er.

Langsam weiche ich zurück. Sam hält die Schwertspitze weiter auf seinen Hals gerichtet. Er reckt den Kopf nach oben und Schmerz liegt in seinem Blick. »Ich wollte nicht, dass jemand zu Schaden kommt, das müsst ihr mir glauben. Ihr müsst mich gehen lassen!«

Ich ducke mich etwas zu ihm hinunter. *Er* hat die Gräber aufgebuddelt? Der Mann, der die ganze Zeit in unmittelbarer Nähe von uns war, mit uns gesprochen hat? Uns Angst eingejagt hat?

»Warum sollten wir dich gehen lassen«, sage ich aufgebracht.

Der Totengräber schüttelt hektisch den Kopf, Erdkrümel fallen aus seinen borstigen Haaren. »Ich habe niemandem schaden wollen, ich …«

Sam reckt die Schwertspitze noch ein Stück vor. Er wirft ihr einen feindseligen Blick zu, aber sie verzieht keine Miene.

»Ich wollte nur den *Ring des Phönix*«, sagt er.

»Den *Ring des Phönix*?«, frage ich. Wir alle kennen die Legende, das magische Artefakt. Und die Stimmen in meinem Kopf reden nun durcheinander: Alric, der sagt, er glaube nur, was er wirklich sehe, und Jon, der mir sagt, es gebe nichts, das er ausschließen würde.

»Ich würde es dir ja erzählen, Bursche, aber mit dieser Klinge unter meinem Kinn lässt es sich schlecht denken.« Er fletscht die gewaltigen Zähne, und das ist wieder der Totengräber, den ich kenne.

Nun weicht auch Sam ein kleines Stückchen zurück, ich kann sehen, wie das Schwert in ihren Händen zittert.

»Erzähl«, sagt sie kurz angebunden.

Der Totengräber spuckt einmal zur Seite aus, dann beginnt er zu reden. »Ich war im Schuppen, vor ein paar Wochen, und plötzlich stieß ich auf diesen zerknitterten Zettel.«

Seine fleckigen Hände suchen die Innentaschen seines Umhangs ab. Dann holt er ein zerfleddertes Stück Pergament daraus hervor und streckt es zu mir hoch.

Ich falte es auf. Es fühlt sich weich an, so als habe er es schon lange bei sich getragen, es immer wieder gelesen. Sam schaut misstrauisch zu mir.

»Lies vor«, sagt sie.

Der Ring des Phönix bringt dir die Krone.
Er liegt auf dem GRABFELD.
Das GRABFELD liegt auf ihm.
Nutze den Schlüssel.

Ich kann die Worte nur schwer entziffern, ich lese sie gleich noch einmal durch. Und noch einmal.

»Ich musste diesen Ring finden, versteht ihr.« Der Totengräber stützt eine Hand an die Grabwand. »Ich musste mein Kind wiederfinden. Meine Kleine. Die echten verhüllten Männer, sie haben sie damals mitgenommen. Ich hatte keine Ahnung, wie ich sie wiederfinden sollte. Ich wusste es nicht. Also habe ich angefangen, gegen den Brennenden König zu kämpfen. Als Totengräber und Verbündeter von Favilla. Ich dachte, wir könnten ihn besiegen, aber wo bin ich jetzt? Ich bin alt, ich bin kurz davor zu sterben, und ich weiß nicht, wo mein Mädchen ist. Dann habe ich diesen Zettel gefunden.« Er deutet mit dem langen Finger auf das Pergament in meinen Händen. »Der *Ring des Phönix* … wer im

Besitz eines solchen Artefakts ist, was glaubt ihr, welche Macht, welche Kraft dieser Mensch haben muss. Versteht ihr? Ich habe gedacht, dass ich sie vielleicht wiederfinden kann, wenn ich nur diesen Ring besitze. Ich habe gegraben, ich habe gebuddelt, ich habe nach den Gräbern gesucht mit dem Schlüsselzeichen, ihr wisst, das Wappen der Adelsfamilien. Sie waren überall verteilt. Ich habe sie alle durchsucht und nun selbst das Grab des Gründers aufgebuddelt. Aber es gibt keinen Ring, dieser Zettel ist eine verdammte Lüge.« Und auf einmal verhärtet sich seine Stimme und nimmt einen verbitterten Ton an. »Es gibt den *Ring des Phönix* nicht, er ist nicht hier.« Er starrt zu Boden. »Ich habe Favilla in Gefahr gebracht, wegen nichts. Wenn ihr mich töten wollt, dann tut es.« Er lacht hämisch. »Immerhin müsst ihr mir dann kein Grab mehr buddeln.«

Sam sieht abschätzend in mein Gesicht. Aber noch kann ich nicht antworten, noch arbeitet alles in meinem Kopf.

»Komm aus dem Grab«, sagt Sam scharf. »Wir werden dich zu Jon bringen.«

Und fast teilnahmslos beobachte ich, wie der Totengräber sich aus der Grube wuchtet, Sam ein Seil hervorholt und ihm die Hände hinter dem Rücken zusammenbindet. Und dann fällt mir das klaffende, blutige Loch in Noras Bauch wieder ein.

»Warum Nora?«, frage ich. »Warum musste Nora sterben?«

»Ich habe Nora nicht umgebracht«, schießt es aus ihm heraus. »Das andere Mädchen, das bei ihr war, hat mich gesehen, ich war nicht bei Nora, als sie gestorben ist, wirklich nicht. Das schwöre ich euch.«

»Aber wer war es dann?« Ich werde immer lauter.

»Ich schwöre euch bei allem, ich habe das Mädchen nicht umgebracht.«

Wenn der Totengräber es nicht war …

Ich werfe einen panischen Blick über die Schulter, sehe über den düsteren Friedhof, über die Kuppen der Grabsteine. Den Zettel in meiner Hand zerdrücke ich beinahe.

»Moment.« Ich starre auf das Pergament in meinen Händen. »Du hast diesen Zettel einfach so gefunden?«, frage ich. »Das kann doch kein Zufall sein.«

»Die blonde Frau, sie hat mir etwas versprochen.« Der Totengräber schluckt. »Sie hat Nora umgebracht.«

»Welche blonde Frau?«

Im Kopf gehe ich alle Personen in Favilla durch, versuche, an eine blonde Frau zu denken, aber in der Aufregung fallen mir so viele Begrabene und Schüler in Favilla ein, die dunkle Haare haben, bloß keine einzige Blonde. Das kann doch nicht sein!

Und dann, auf einmal, trifft mich die Erkenntnis, wie ein Blitz schlägt sie in mich ein. Ich traue mich kaum, ihren Namen auszusprechen.

17

Lavis. Friedhof.

»Ich wusste, ich hätte das allein angehen sollen.« Ihre Stimme ist plötzlich hinter meinem Rücken.

Ich fahre herum. Mirlinda kommt langsam auf uns zu. In der rechten Hand hält sie locker eine Streitaxt. Sie wirkt gelassen.

Einige Schritte vor uns hält sie an. Sie kommt mir vor wie eine Fremde.

»Was machst du hier?« Endlich kommen die Worte aus mir heraus.

Sie lächelt mich genauso an wie in unserem letzten Gespräch, als sie mir sagte, dass sie meine Dankbarkeit nicht will.

»Du würdest jetzt vielleicht gern eine dieser rührseligen Geschichten hören, was mir Tragisches widerfahren ist, aber damit kann ich leider nicht dienen.« Sie reckt das Kinn vor.

Ich versuche, mir all unsere gemeinsamen Unterrichtsstunden ins Gedächtnis zu rufen: Hätte mir etwas auffallen müssen?

»Als ich in den Zirkel aufgenommen wurde, war ich mir ganz sicher, dass wir den König bald stürzen und die Macht übernehmen würden.« Sie hält kurz inne. »Jetzt kommen die Königswachen immer näher, und was haben wir bisher erreicht? Wir verkriechen uns in den Katakomben und hoffen auf bessere

Zeiten!« Plötzlich blitzt Wut in ihren Augen auf. »Ich wollte das Amulett von Jon klauen, damit ich endlich von hier verschwinden kann, aber es war bloß eine Fälschung. Als ich es zerschmetterte, fiel der Zettel heraus.« Sie deutet einmal mit dem Kopf zum Totengräber, der immer noch mit gebundenen Händen zwischen uns steht. »Ich wusste, dass auch Mason hier wegwill, und so habe ich ihm den Zettel gegeben.«

Natürlich hat sie das, denke ich mir. Das war das perfekte Alibi! Während Jon mit ihr die Zirkelsitzungen abgehalten hat, hat der Totengräber für sie die Gräber aufgebuddelt.

Sie geht ein paar Schritte vor und zurück, dabei tippt sie ungeduldig mit den Fingern ihrer linken Hand auf ihren Schenkel. »Es ist Zeit für mich, zu gehen, Mason, du hättest das Tor wirklich nicht abschließen brauchen. Jetzt gib mir bitte den Schlüssel.« Eine unerbittliche Härte legt sich auf ihr Gesicht.

Ihr Griff um die Streitaxt wird fester.

Das schwere Axtblatt zeigt nun auf uns. Es schimmert im Mondlicht.

Sam reagiert sofort und hebt Schild und Schwert vor sich. Und auch mir ist nun klar, was kommen wird.

Wenn sie fliehen will, muss sie vorher an uns vorbei.

Mit einem durchdringenden Kampfschrei stürmt Mirlinda auf mich zu.

Ihre Axt prallt mit einer solchen Kraft gegen meine, dass ich einen Schritt nach hinten taumle. Doch ich kann mich sofort wieder fangen.

Mirlinda setzt zum Schlag auf meine Körpermitte an, aber plötzlich wirbelt sie um ihre eigene Achse und zielt stattdessen mit der Axt auf meine Seite.

Ich mache einen schnellen Ausweichschritt.

Die Waffe von Mirlinda schrammt an meinem Lederwams vorbei. Ich weiche zurück.

Mirlinda will nachsetzen, da stößt Sam vor. Mit schnellen Schlägen drängt sie Mirlinda zurück, treibt sie mit Schild und Schwert gnadenlos voran. Die beiden verschwinden zwischen den engen Gräberreihen.

Ich laufe einen kleinen Bogen, um Mirlinda von der anderen Seite abzufangen. Die Luft brennt in meinen Lungen. Ich bin fast bei ihr. *Jetzt!*

Meine Axt saust von der Seite auf sie zu, aber in diesem Moment rollt sich Mirlinda nach hinten ab, sodass mein Schlag mit voller Wucht auf Sams Schild kracht. Der unerwartete Hieb wirft sie zu Boden. Wir sehen uns erschrocken an. *Verdammt, sie spielt uns gegeneinander aus!*

Mirlinda rennt zum Totengräber. *Der Schlüssel!*

Wir sprinten hinterher, rasen knapp an den Steinen vorbei. Ich gleite auf dem lehmigen Boden aus, kann mich aber fangen. Sam ist vor mir. Noch eine Reihe. Da! Der Totengräber kommt in Sicht. Wankend läuft er den Kiesweg entlang, die Arme immer noch hinter dem Rücken zusammengebunden. Panisch schaut er über seine Schulter. Gleich hat Mirlinda ihn!

»Sam, beeil dich!«, schreie ich im Laufen.

Und genau in dem Augenblick, in dem Sam knapp hinter Mirlinda ist, dreht diese sich um. Ihr Hieb kommt aus der Bewegung. Die Waffen klirren aufeinander, so laut, dass man es noch in den tiefsten Ebenen von Favilla hören muss. Sams Schwert segelt durch die Luft. Die Wucht des Treffers hat es ihr aus der Hand gerissen. Erschrocken weicht sie zurück und hebt den Schild. *Ich muss Sam helfen!*

Zu spät: Mirlinda hat sie schon bis zu einem der offenen Gräber zurückgedrängt, sie täuscht einen Schlag auf ihren Kopf an. Sam reißt den Schild nach oben, um zu parieren, da verpasst Mirlinda ihr einen Tritt in den nun vollkommen ungeschützten Bauch.

Ein ersticktes Geräusch aus ihrer Kehle. Sie fällt mit dem Rücken voran in das Loch. Ein dumpfer Schlag. Stille.

»Sam!«, rufe ich. »Sam!«

Stille. Es zerreißt mich innerlich.

Und sofort ist Mirlinda vor mir.

Die Axt saust nur knapp an meinem Kopf vorbei. Ich mache einen Schritt nach hinten. Spüre Wind vom Schwung ihrer Waffe. Der nächste Hieb. Erst kurz vor meiner Brust kann ich die Klinge ablenken.

Aufpassen, Noel!

Jeder Hieb, den ich pariere, vibriert in mir wider. Ich komme kaum zum Gegenangriff, sie ist viel zu schnell.

Kurz lösen wir uns voneinander.

»Du warst noch nie der beste Kämpfer«, sagt sie. Und auf einmal kocht es in mir, wird es ganz heiß in meinem Bauch.

Sie hat Sam in das offene Grab gestoßen!

Ich lege all meine Wut in den nächsten Angriff. Meine Axt prallt so heftig auf ihre, dass es sie zurückwirft.

Jetzt hab ich sie!

Ich setze nach, aber plötzlich schießt Mirlinda vor, tritt mir hart gegen das Schienbein und rammt mir fast zeitgleich den Holzgriff ihrer Waffe gegen die Stirn.

Ich falle auf den Rücken, grelle Punkte flimmern vor meinen Augen. Da saust Mirlindas Axt schon von oben auf mich zu, ich kann mich gerade noch herumwerfen. Sie donnert direkt neben meinem Kopf in die Erde. Mirlinda holt wieder aus, und das ist meine einzige Chance: Ich kralle eine Handvoll Erde und werfe sie ihr direkt ins Gesicht.

Sie kneift die Augen zusammen.

Ich greife hastig nach meiner Waffe. Sie versucht, sich den Dreck aus den Augen zu reiben. Ich muss jetzt ausholen, ich muss ihr die Axt in den Körper rammen.

Komm schon, Noel, komm schon, tu es.

Aber ich habe zu lange gezögert. Sie fixiert mich längst wieder aus tränenden Augen.

Statt anzugreifen, streckt sie den Arm mit der Waffe von ihrem Körper. Ihre Finger lösen sich vom Griff, und die Axt fällt zu Boden.

»Na los, Noel. Bringen wir es ohne Waffen zu Ende«, keucht sie. »Faust gegen Faust.«

Ich reibe mir mit dem Handrücken Schweiß von der Stirn. Die Axt in meiner Hand zittert.

Wir stehen uns gegenüber. Von Sam dringt immer noch kein Laut nach oben. Der Totengräber ist nirgends zu sehen. Mirlinda ist fast zwei Köpfe kleiner als ich, ich besitze das Doppelte an Kraft. *Nur einen Treffer.* Wenn ich nur einen richtigen Treffer lande, habe ich den Kampf gewonnen.

Ich lasse die Waffe sinken und starre Mirlinda entschlossen an.

Sie spuckt letzte Erdkrümel aus. Der Mond leuchtet hinter ihr, zeichnet einen dunklen Rand um die Umrisse ihres Körpers.

»Gut.« Sie dehnt das Wort unangenehm lang. Und ihr Schmunzeln gefällt mir ganz und gar nicht.

Ich balle die Hände zu Fäusten, tänzle von einem Fuß auf den anderen. Mein Herz hämmert wild gegen den Brustkorb.

Sie holt zum Schlag aus, ich lenke ihn zur Seite ab, mache einen schnellen Schritt vorwärts. Packe sie an der Halsberge. Sie stemmt sich dagegen, kann aber nicht viel ausrichten. In solchen Momenten weiß ich, dass es die Kraft ist, die siegen wird.

Ich schleudere sie mit einer solchen Wucht nach hinten, dass sie gegen einen Grabstein schlägt.

Mit ein paar schellen Schritten bin ich über ihr, genau in dem Moment, in dem sie sich mit den Händen vom Stein wieder wegdrückt. Dabei nutzt sie den Schwung und kickt ihre Beine nach vorn.

Ihre Füße treffen direkt in meine Magengrube, ich würge, knicke ein. Sie lässt nicht ab, rammt den Ellenbogen in meinen Rücken. Überall durchzucken Schmerzen meinen Körper.

»Jetzt geht's wohl langsam aufs Ende zu«, zischt sie.

»Kämpf einfach!«, brülle ich.

Ich stelle mich wieder vom Schmerz gekrümmt in Kampfhaltung. Sie tänzelt erneut auf den Fußballen vor und zurück, bereit zum nächsten Angriff. Die Schmerzen in Bauch und Rücken toben. Wo nimmt sie die Kraft in ihren Fäusten her?

Schwer atmend umkreisen wir uns. Ich fixiere ihren Blick. Die nächste Bewegung sieht man immer in den Augen.

»Hast Angst um deine Kleine?«, provoziert sie mich. Und es klappt. *Ich weiß nicht, was mit Sam ist.*

Ich gehe auf Mirlinda los, ramme mit voller Kraft einfach in ihren Körper, wobei ich die Arme um sie schlinge und mich mit ihr zu Boden werfe. Ich lande auf ihr, mit lautem Keuchen entweicht ihr sämtliche Luft. Mühsam stemme ich mich hoch. Mit den Knien fixiere ich ihren Oberkörper.

Jetzt kann sie mir nicht mehr entkommen!

Mirlinda hat die Hände in den schwarzen Handschuhen entspannt, wie wenn man aufgibt, doch sie schaut weder verängstigt noch verzweifelt.

Plötzlich beginnt ihr Körper unter mir zu zucken. *Was zum Henker?* Sie lacht. Sie lacht tatsächlich.

»Du wolltest doch neulich wissen, wofür die schwarzen Handschuhe sind«, sagt sie und ballt die Hände unter meinem Griff zu Fäusten.

Ich erinnere mich an die Truhe mit den Handschuhen. Sie wollte mir nicht sagen, wofür die schwarzen sind.

»Ich zeige es dir«, sagt sie, und plötzlich schießen zwei kräftige Eisenklauen genau oberhalb der Handknöchel durch das schwarze Leder.

Wie die Klauen einer Bestie.

Ich zucke zurück, und sofort rollt sie sich zur Seite und springt auf. *Sie hat mich ausgetrickst!*

Schnell bin auch ich wieder auf den Beinen und bringe erst mal Abstand zwischen uns.

»Du warst es!«, schreie ich. »Du hast Nora getötet und es wie den Angriff eines wilden Tiers aussehen lassen! Du hast alles von Anfang an geplant!«

»Nora hat ihren Job gut gemacht. Was sollte ich tun, als sie mich entdeckt hatte? Ich konnte sie ja schlecht wieder zurück nach Favilla laufen lassen«, sagt sie, und ich will ihr dieses selbstgefällige Lächeln jetzt nur noch vom Gesicht reißen.

Kalter Schweiß sammelt sich auf meinem Rücken. Das Leinenhemd unter der Rüstung klebt an mir.

Ich kann den Blick nicht von den Eisendornen nehmen.

Ich balle so fest die Fäuste, dass sich meine Nägel in die Haut drücken.

Mirlinda scheint mich zu beobachten. Doch auf einmal rennt sie los, die Dornen zeigen direkt auf mich. Zeit, zu flüchten, bleibt nicht, ich ducke mich unter ihrem ersten Hieb weg.

Ihr Schrei gellt über den Friedhof. Ich reiße die Ellenbogen zur Deckung hoch. Ihre Fäuste kommen auf mich zu, und ich weiche zurück. Doch die Eisendornen reißen über meine Unterarme, schlitzen das Leder und die darunterliegende Haut auf. Ein fürchterliches Brennen.

Ich muss mir etwas einfallen lassen!

Alles überschlägt sich: mein Herzschlag, mein Atem, die Angst.

Ich weiche noch einen Schritt zurück. Und da spüre ich plötzlich einen schweren Grabstein in meinem Rücken. *Oh nein.* Mirlinda blickt mich an, ihre Lippen verziehen sich zu einem triumphierenden Lächeln.

Ich habe keine Chance.

Sie hebt ihre Klauen zum Schlag. Ich will die Augen nicht schließen!

Auf einmal stürmt eine schwarze Gestalt von hinten auf Mirlinda zu. Sie dreht sich ruckartig um, die stachligen Fäuste von sich gestreckt. Beide holen aus. Keiner denkt ans Parieren, sie wollen einander vernichten. Eisenkrallen und Axtblatt zischen durch die Nacht. Das Geräusch reißenden Fleischs geht mir bis ins Mark.

Mirlindas Gesicht erstarrt, ihr dünner Hals biegt sich seltsam seitlich weg. Der Totengräber steht regungslos vor ihr, die blutige Axt noch erhoben. Lautlos sackt sie auf die Knie, dann fällt sie mit dem Gesicht voran zu Boden.

Der Totengräber lässt die Axt fallen, fasst sich mit den Händen an die Kehle. Ein Gurgeln, Würgen. Blut, das zwischen seinen Fingern hindurchspritzt. Ich gehe auf ihn zu, steige über Mirlindas schlaffen Körper, stütze ihn an den Schultern, will nicht glauben, was ich da sehe.

Aber sein Blick ist bereits leer, er schaut mich an, ohne mich wahrzunehmen, und dann sprudelt das warme Blut auch aus seinem Mund. Sein Körper wird schwer unter mir. Ich lasse ihn vorsichtig zu Boden gleiten. Der zerfledderte Umhang hängt wie zerzaustes Gefieder von ihm. Sein Kopf kippt unter meinen Armen nach hinten, der offene Mund klafft als ein vollgetränktes rotes Loch in Richtung des Mondes.

Die Gräber ragen wie die Palisade einer Stadt hinter ihm auf. Still und gleichmütig. Weiches Licht fällt auf sein haariges Gesicht, auf die alten Augen. Sie sind blau. Zum ersten Mal erkenne ich ihre Farbe. Sie sind blau, und der Totengräber ist tot. *Das hier ist sein Friedhof.*

Vorsichtig lege ich seinen Körper ganz zu Boden, bette seinen Kopf auf einen Erdhaufen. *Das hier war verdammt noch mal sein Friedhof!*

Ich springe auf, renne zum aufgebuddelten Grab. Meine Beine sind so zittrig, dass ich fürchte, ich könnte jeden Moment abrutschen. *Sam.* Ich halte die Luft an, beuge mich über das Grab. Mein Herz setzt einen Schlag aus.

Sam rappelt sich gerade auf. Sie blinzelt, sie hebt den Schild, bereit, sich zu verteidigen.

Alles in mir löst sich, ich spüre, wie das Blut wieder durch meine Adern fließt. Ich schlucke einmal schwer.

»Ist es vorbei?«, fragt sie, das Gesicht dreckverschmiert, die Augen weit aufgerissen.

Ich kann nicht anders, als zu lachen, es bricht einfach aus mir heraus. Und Sam schaut mich nur völlig verdutzt an, als ich mir erleichtert über die Augen wische. »Ja. Es ist vorbei.«

18

Lavis. Amphitheater.

Sam und ich steigen die Steintreppen in der Arena hinab.

»Wir müssen als Erstes zu Jon«, sage ich und reiße Stofffetzen von meinem Leinenhemd, um sie mir um meine verletzten Unterarme zu wickeln. »Wir müssen ihm sofort erzählen, was passiert ist! Und wir müssen die Leichen wegbringen, bevor irgendwelche Wachen sie zu Gesicht bekommen.«

Ich bleibe kurz stehen, fahre mit den Händen einmal über ihren Kopf und sehe sie von unten bis oben an. »Und du bist wirklich in Ordnung?«

Mein Blick wandert unruhig über ihr Gesicht, während sie mir einfach in die Augen schaut, sich nicht ein Stück bewegt.

»Du …«, beginne ich, aber sie presst mir plötzlich die Hand auf den Mund.

»Halt deine Klappe, Noel«, sagt sie und sie lächelt. Dann rückt sie noch ein bisschen näher an mich heran, ihr Haar kitzelt an meinem Hals, und ich kann gar nichts mehr. Ich kann sie nur noch ansehen, und eigentlich weiß ich so wenig von ihr.

Ich kenne ihr Gesicht, ich kenne es in- und auswendig, könnte es in meinem Kopf nachzeichnen. Die runde Form, die drei Leberflecke auf ihrer Wange, die hohe Stirn. Die großen Augen, die etwas auseinanderstehen, und das Geflecht darin: ganz dicht um die Pupille Tupfer aus Orange, und dann verschwimmen sie mit dem klaren Grün. Auf einmal will ich so vieles von ihr wissen.

Langsam gleitet ihre Hand wieder von meinem Mund, ein Finger bleibt noch kurz an meiner Unterlippe hängen. Es geht mir durch und durch.

»Du wolltest da doch noch etwas tun«, flüstert sie, und ich weiß ganz genau, wovon sie spricht.

Ich lege meine Hände auf ihre Hüften und drücke sie noch dichter an mich. Ihr Körper an meinem. Ihr Atem, der gegen mein Kinn haucht.

Mein Herz hämmert in meinem Brustkorb, pumpt in meinen Armen, pulsiert in meinem Hals, pocht in meinem Kopf. Überall. Ich zähle einmal in Gedanken bis drei.

Eins.

Aber bei zwei liegen meine Lippen schon auf ihren.

Sie sind so weich wie nichts, was ich gefühlt habe. Sie schlagen Wellen in mir.

Kurz sind wir nichts und alles, und ich wünschte, wir würden ewig so stehen bleiben und ich könnte nur dieses Weich ihrer Lippen fühlen.

Erst jetzt wird mir klar, wie lange dieser Kuss am Rande meiner Phantasien getanzt hat.

Ich will mich nie wieder von ihr lösen.

Ich will nicht, dass das Leben aufhört, denke ich.

Ich grabe meine Hände in ihren Nacken, und als ich die Augen für einen Moment öffne, ist mir, als drehten sich die ringartigen Stufen des Amphitheaters um uns, als wären wir das Zentrum des Kreises.

Ein Kreis.

Alles Blut weicht plötzlich aus meinem Körper. Ich lasse die Arme schlaff von Sams Nacken gleiten.

»Noel?«

Aber ich höre sie gar nicht richtig, weil sich meine Gedanken überschlagen, weil auf einmal alles so klar ist, weil …

Das ist es!

Der Ring des Phönix. Der Zettel. Der Buchstabenblock. Der Grabstein des Gründers. Der Kreis.

»Es ist ein Rätsel«, murmle ich vor mich hin.

»Was?« Sam sieht verwirrt zu mir auf, sie weicht einen Schritt zurück. »Du machst mir Angst, was ist denn los?«

Jetzt sehe ich ihr ins Gesicht. »Es ist ein Rätsel!«, sage ich diesmal laut und deutlich. »Der *Ring des Phönix*, ich weiß jetzt, dass er existiert!«

Ich haste los. »Komm!«, rufe ich. »Komm schon, ich zeige es dir!«

Ich kann nicht anders, ich muss rennen, ich muss diese Stufen nach oben jagen. Ich laufe, so schnell es geht, und ich halte erst wieder an, als ich vor dem Grab des Gründers stehe.

E K N I E O D G I R B N E G L N
G I I A L Z D T A I R N E E D N
H W S N E C I D N I T C S R E N
H H N E I U I N O O F P X O G U
H N S L E H N G T E E E D E E K
D U N R I R I R E N D S N E R U

Ich betrachte den Flammenkreis und fahre mit dem Blick über die Buchstaben. Dann ziehe ich den Zettel aus meiner Hose.

Es dauert ein paar Augenblicke, bis Sam neben mir keuchend zum Stehen kommt.

»Bist du jetzt völlig verrückt geworden?« Sie stützt sich mit den Händen auf den Knien ab.

Ich zeige ihr den Zettel und tippe wild darauf herum. »Es ist ein Rätsel, verstehst du!«, sage ich fieberhaft. »Das ist der *Ring des Phönix.*«

Ich zeige mit dem Finger auf die Flammen, die den Buchstabenblock einkreisen. »Wir standen dort unten und … der Kreis, Sam, der Ring … Dieser Zettel hier …«, ich wedle ihn wie verrückt durch die Luft. »Er ist die Anleitung, um es zu lösen.«

Noch einmal lese ich die Worte laut vor:

Der Ring des Phönix bringt dir die Krone.
Er liegt auf dem GRABFELD.
Das GRABFELD liegt auf ihm.
Nutze den Schlüssel.

Sam starrt mich entgeistert an, dann reißt sie mir den Zettel aus der Hand. Sie sieht von ihm zum Grab und wieder vom Grab auf den Zettel.

»Das gibt es nicht.« Sie schüttelt den Kopf. »Wie verwendet man den Schlüssel?«

Ich starre auf die Buchstaben, aber ich komme nicht darauf. Und doch weiß ich es: Ich habe alles vor mir, um das Rätsel zu lösen. Ich bin mir ganz sicher!

»Wir müssen das jemandem zeigen, der etwas davon versteht, jemandem, der ein solches Rätsel lösen kann.« Und schon während ich es ausspreche, ist mir klar, von wem ich rede: *Jon.*

Sam gibt mir das Stück Pergament zurück. »Bring es zu ihm.«

19

Favilla. Ebene Zwei.

Ich habe Jon noch nie so aufgewühlt erlebt. Ungeduldig rieb er die Hände immer wieder an seiner Hose ab. Er schickte noch ein paar unserer Wachen auf den Friedhof, um die Leichen nach Favilla zu tragen, dann verschwand er augenblicklich mit dem Zettel im Nebenraum.

Ich werde es dich wissen lassen, sobald ich das Rätsel entschlüsselt habe, drang seine Stimme durch die Tür.

Und selbst die Verletzungen an meinen Unterarmen mussten warten. Nervös pule ich an dem provisorischen Verband herum.

Ich sitze auf heißen Kohlen. Wie lange wird es dauern, bis Jon eine Lösung gefunden hat? Ein paar Stundenstriche? Mehrere Tage? Monate?

Gedankenverloren durchstreife ich die Gänge, doch am liebsten würde ich umdrehen und Jon beim Entschlüsseln behilflich sein, mitverfolgen, welche Gedanken ihn treiben.

Ein bisschen Blut sickert durch die Stofffetzen, aber die Schnitte brennen nur halb so sehr wie all die Gefühle in mir.

Ich kann nicht damit aufhören, wie wild auf und ab zu gehen. Ich zwinge mich, einmal stehen zu bleiben und die Augen zu schließen. Ich warte darauf, dass mich langsam die Erschöpfung überfällt. Doch obwohl meine Glieder schwer sind und mein Kopf sich viel zu voll anfühlt, bin ich wacher als je zuvor.

Kein Wunder. Ich streiche mir mit dem Zeigefinger über meine Lippen und fühle immer noch den Druck ihres Mundes. Mir gefällt die Vorstellung, dass sie so etwas wie Spuren auf mir hinterlässt.

Seit ich in Favilla bin, gab es zum ersten Mal nur mich. Und jetzt gibt es da plötzlich Sam. Und ich weiß nicht, ob mir das Angst machen soll oder nicht.

Sam, das Mädchen, das ich geküsst habe.

Das Letzte, an das ich jetzt denken kann, ist Schlaf. Die Zeit ist viel zu kostbar, um sie mit Schlaf zu vergeuden.

Ich laufe einfach weiter, immer das Dunkel der Gänge entlang Richtung Schlafzellen. Die Flammen der Fackeln zischeln beim Vorbeigehen.

Schon als ich die Zelle betrete, rieche ich es. Ich rieche *sie*. Ich rieche diesen Duft, den ich so verzweifelt versuche zu definieren. Aber alles, was mir einfällt, ist, dass er nach Sam riecht.

Sie versteckt irgendetwas unter ihrem Fell, als ich hereinkomme.

Wir lächeln uns verhalten an. Ich setze mich an den Rand ihres Betts und lege die unruhigen Hände auf meine Beine. Ich spüre, wie die Hitze, die von ihnen ausgeht, durch den Stoff dringt.

Sam stützt sich hoch, um sich aufrecht an die Wand zu lehnen. Ihre Beine hat sie unter dem Fell ausgestreckt.

Die Haare fallen ihr offen über den Rücken, und ich betrachte ihren freien Nacken, die helle Haut.

Sie leckt sich einmal über die Lippen. »Du hast Jon alles berichtet?«

Ich nicke.

»Hat er das Rätsel schon gelöst?«

Ich schüttle den Kopf.

»Du kannst auch nicht schlafen?«

Ich nicke wieder. Sie grinst.

Und eigentlich würde ich sie am liebsten auf ihr Fell zurückdrücken und ihren Hals mit Küssen bedecken.

Ich sehe zu Boden. Dort liegen Teile ihrer Rüstung und ihre Leinenhose. Ich hebe den Kopf wieder und sehe zu ihr. Das Hemd hat sie noch an.

Würde man genau hinschauen, dann könnte man jetzt ganz sicher sehen, wie mein schneller Puls sich unter der Haut bewegt.

Langsam schiebe ich meine Hand auf ihre Felldecke. Ich ziehe sie am Zipfel vorsichtig zur Seite, und dabei drohe ich innerlich beinahe zu zerspringen. Mit den Fingerspitzen fahre ich ihren Schenkel entlang. Sie sieht mir dabei zu und zittert unter meiner Berührung. Ihre Haut ist so weich.

Und dann tue ich das, was mir die ganze Zeit schon im Kopf schwirrt, ich drücke sie sanft auf das Fell zurück. Ihre Haare ergießen sich in Wellen über das Bett. Ich beuge mich über sie, denke jetzt nur noch an das Weich ihrer Lippen und betrachte ihren Brustkorb, wie er sich unter dem Hemd auf und ab bewegt.

Plötzlich erstarre ich.

Ein weißer samtener Stofffetzen lugt unter dem Fell hervor.

»Was ist das?«, frage ich, aber da habe ich es schon zwischen den Fingern. Einen so feinen Stoff habe ich noch nie zuvor angefasst. Es ist ein Schleier, der an den Rändern mit hauchzarten goldenen Plättchen bestickt ist.

Auf einmal umklammert Sam mein Handgelenk. Sie umklammert es viel zu fest.

»Lass es bitte los.« Ihre Stimme bebt.

Mein Herz rast und rast.

Frag sie doch selbst.

Und eigentlich weiß ich doch auch gar nichts von Sam.

Das Stoffteil baumelt vor mir, die Goldverzierungen funkeln im Licht. Eine Braungewändlerin ist nicht im Besitz eines solchen Tuchs.

Ich schüttle den Kopf. Ein Rauschen setzt hinter meiner Stirn ein. Ich kann nur immer weiter darauf starren, bis sie es mir aus den Fingern reißt.

»Wer bist du, Sam?« Eingehend betrachte ich ihr Gesicht. Ihr weicht das Blut aus den Wangen.

Deshalb hat sie nie von ihrer Vergangenheit erzählt, deshalb hat sie Streit mit Estelle, deshalb wollte sie das Nebelfeuer nicht zünden, sie hatte Angst, die Männer könnten sie erkennen.

Weiß ist die Farbe der Wache.

Und Weiß ist die Farbe der Königsfrauen.

»Du …«, beginne ich.

Nur schwer kann sie meinem Blick standhalten, versteift sich unter mir.

»Ich bin die Tochter des Brennenden Königs«, presst sie die Worte hervor.

Sofort stoße ich mich vom Bett ab. Springe auf den Boden zurück, als hätte mich etwas gebissen. Ich wende mich ab, gehe ein paar Schritte Richtung Tür, dann bleibe ich abrupt stehen und lege die Hand an meine Kehle.

Langsam drehe ich den Kopf zu ihr.

Für den Bruchteil eines Moments flackern tausend widersprüchliche Gefühle in ihrem Gesicht auf.

»Ich bin die Tochter des Brennenden Königs«, wiederholt sie die Worte, die nur schwer über ihre Lippen kommen.

Der Schock sitzt tief. Er bohrt ein Loch in meine Brust. Ich will das nicht verstehen. Zum ersten Mal will ich es nicht verstehen.

Sie ist Sam.

Sam, das Mädchen, das Lucas im Kampf besiegt hat. Sam, das Mädchen, das meine Hand gehalten hat. Sam, das Mädchen, das ich geküsst habe. Sam, das Mädchen, in das ich mich verliebt habe.

Ich weiß nicht, ob ich aus dem Zimmer hinausstürmen oder dem Drücken in meiner Kehle nachgeben soll. Aber ich weiß, dass genau das eingetreten ist, was ich befürchtet habe. Genau wie Lucas hat auch sie mir die ganze Zeit etwas vorgemacht.

Was tut sie hier? Hat sie jemand hergeschickt? Hat sie mich nur ausgehorcht?

Wenn sie darin nicht ehrlich war, worin dann noch nicht?

Ich versuche, das Brennen in meinen Augen wegzublinzeln.

»Sag etwas«, murmelt sie.

Ich sehe kurz zu ihr. Sie sitzt im Schneidersitz, die nackten Beine gekreuzt, den Oberkörper zu mir gerichtet. Ihre geröteten Augen mustern mich, die blonden Haare fallen ihr verfilzt zu den Seiten.

Nichts war echt.

Plötzlich hämmert jemand wild gegen die Tür, aber wir reagieren nicht, nicht jetzt, wo alles zusammenbricht.

»Seid ihr da drin?« Es ist Melvins Stimme.

Wir rühren uns immer noch kein Stück, aber da reißt er die Tür einfach auf. Sie schabt laut über den Boden. Er sieht aufgekratzt aus, als ob er gerade gerannt wäre.

Mit offenem Mund starrt er auf Sams Kleiderhaufen am Boden, dann in mein versteinertes Gesicht.

»Jon hat das Rätsel gelöst«, sagt er atemlos.

Tritt ein in das Reich Lavis.
Ein Reich voller Schatten, voll Liebe und Verrat.

Erhalte schon jetzt vorab einen ersten Eindruck von VERGESSENES WISSEN, dem vierten Band der Erfolgsserie, und komm dem Königshaus so nah wie nie zuvor …

SAM

1

Lavis. Königshaus.

Die fordernde Hitze seines Körpers prallt auf mich. Ich keuche auf. Meine Hände werden schlagartig kalt und schwitzig. Alles in mir schreit danach, zurückzuweichen.

Nur ganz kurz schließe ich die Augen, öffne sie dann schnell wieder. *Nicht den Kopf wegdrehen! Einfach aushalten.*

Mir kann nichts passieren, sage ich mir. Noch kann er nichts tun.

Er grinst. Die Zähne wirken spitz wie die von einem Raubtier. Eisenplättchen sind darauf angebracht, gleich winzigen Rüstungen. Sein Blick ist stechend. Er nimmt ihn nicht einen Moment von mir.

Es ist der Mann, der mein Gemahl werden soll.

»Ihr werdet Vigilis lieben, Madame«, sagt er mit tiefer Stimme. Er rollt das R. »Es ist ein kräftiges Land. Unsere Burgen sind prachtvoll und sicher zugleich. Die Tage sind rau und wild. Die Nächte weich und sanft. Ich werde sehr gut für Euch und für unsere Kinder sorgen.«

Ich sehe zu ihm hoch. Seine Haut ist grob, irgendwie körnig. Er überragt mich um mehr als einen Kopf. Vor ihm fühle ich mich klein und wehrlos. Ich zwinge mir ein zittriges Lächeln aufs Gesicht. *Lieber sterbe ich, als ein Kind von dir zu bekommen!*

Mein Kleid schneidet mir an der Hüfte ins Fleisch. Über den weißen Stoff winden sich eingestickte rote Rankenmuster. Es zeigt viel Haut. Ich hasse dieses Kleid.

Der Herzog von Larkél, der zweitgrößten Stadt des Königreichs Vigilis, kommt noch einen Schritt näher, sodass seine Hüfte nur noch wenige Fingerbreit von meinem Bauch entfernt ist.

Er legt eine Hand an meine Taille. Ich erstarre. Gierig drücken sich die Finger in den Stoff, in meine Haut. Meine Kehle schnürt sich zu. Was tut er da? Er weiß, dass das gegen jedes Protokoll ist. Ihm muss doch klar sein, dass er … ja, was kann ihm überhaupt schon passieren?

Warum ist denn nicht wenigstens einer der Diener hier! Meine Kehle schnürt noch fester zusammen. Ich bekomme keine Luft, ich ersticke.

»Ihr seid ein schönes Mädchen, Madame«, sagt er. »Wisst Ihr das eigentlich?«

Tastende Finger bewegen sich an der Hinterseite meiner Hüfte entlang auf meinen Po zu. Er soll sie wegnehmen! Und nun drückt er seinen Körper gegen meinen. Ich kann die mächtige Erektion durch den Stoff spüren. Mir ist kotzübel.

Zittrig bewege ich meine Hand vorwärts, richte den Blick wieder nach oben in sein lüsternes Gesicht. Ich versuche krampfhaft zu lächeln und lege meine Hand auf seine Brust. Langsam lasse ich sie daran hinabfahren. Meine Finger kratzen über die feinen Eisenstriemen, die mit dem grauschwarzen Stoff seines Gewandes verwoben sind.

Der Herzog zieht scharf die Luft ein, und auf seinem Gesicht zeigt sich nun ebenfalls ein Lächeln. Sein Körper entspannt und damit lässt auch der Druck seiner Finger an meiner Taille etwas nach. Am Bauchnabel halte ich an. Weiter schaffe ich nicht.

»Und Ihr seid ein schöner Mann.« Ich schiebe die Zungenspitze aus dem Mund. Am liebsten würde ich mit dem Kopf vorwärts schießen und ihm ins Gesicht spucken, aber stattdessen deute ich ein kurzes Lecken über meine Oberlippe an. »Euer erstes Kind wird ein Junge sein. Das spüre ich.«

Ruckartig mache ich ein paar Schritte nach hinten. Er blickt mich überrascht an. Mein Herz donnert.

»Ich hasse es, dass wir noch warten müssen.« Ich würge es mehr hervor, als dass ich spreche. Aber für den Mistkerl reicht es. Ich sehe noch, wie der lüsterne Ausdruck zurückkehrt, dann habe ich schon einen Knicks gemacht und mich umgedreht.

»Ich freue mich auch«, höre ich hinter mir. Und mir kommt es vor, als bohre sein Blick sich in meinen Rücken, nicht nur das, als grabe er sich unter mein Kleid.

Ich halte nicht an. Ich gehe schnell vorwärts. Die Absätze meiner Schuhe aus Schleierholz, die eigens aus der Weißen Handwerkskammer von Noctuán importiert wurden, schlagen bei jedem Schritt laut auf den grauen Marmorboden. Ich biege nach links ab, unter ein paar tiefen Rundbögen hindurch gelange ich in den großen Korridor.

Ich rausche vorbei an einer Dienerin in ihrem olivgrünen Gewand, die einige zerknitterte Laken auf dem Arm trägt. Immer wieder wische ich mir hektisch die rechte Hand an meinem Kleid ab. Der eigentlich weiche Stoff fühlt sich an wie eine Eisenbürste.

Ich ignoriere auch die Wachen in ihren düsteren Plattenrüstungen. Sie stehen in gleichmäßigen Abständen an beiden Seiten des Korridors, vor den Wänden aus dunklem Stein, über die sich Flammenmuster ziehen wie Efeu über eine alte Mauer.

Sie jagen mir normalerweise keine Angst ein. Ein Wort von

mir kann ihren Tod bedeuten. Aber heute machen sie mich unruhig. Als könnten sie eben doch ahnen, was ich vorhabe. So, als würden sie es mir ansehen.

Ich erreiche die Gemächer der Königstöchter, wo ich und meine Halbschwestern untergebracht sind. Auch hier eile ich ohne ein Wort an dem Wachmann vorbei. Hat er sich kurz bewegt?

Nein, warum sollte er. Ich muss aufhören, mir Sachen einzubilden.

Nach noch mal knapp hundert Schritten, die mir so endlos vorkommen wie ein Tag am Hof, bin ich in meinen Privaträumen.

Dort stürme ich sofort durch das Schlafgemach zum Abort. Ich knie mich hin und beuge mich über die Öffnung. Aber obwohl die Übelkeit in meinem Magen kaum auszuhalten ist, muss ich nicht mal würgen.

Ich stemme mich hoch, stelle mich hastig vor den Wasserbottich. Er ist aus feinem, grauem Marmor gefertigt.

Ich wasche mir zuerst die rechte Hand. Ich reibe sie kräftig mit der Seife ab, die nach Vanille duftet. Der Geruch erfüllt schnell den ganzen Raum, und irgendwie wird mir dabei noch übler.

Danach schütte ich mir das kühle Wasser ins Gesicht. Einmal. Zweimal. Dreimal. Mein Gesicht pocht.

Ich löse die Flechtfrisur, schüttele meinen Kopf und wuschele durch meine Haare, sodass sie mir ungebändigt vors Gesicht fallen. Wie eine Befreiung.

Trotzdem kann ich noch immer seine tastenden Finger hinten auf meiner Hüfte und den verlangenden Druck seines Gemächts gegen meinen Bauch spüren.

Ich schaue in den Spiegel. Ein goldener Rahmen umschließt ihn, warum muss mein Vater sogar hier seinen Reichtum, seine

Macht zur Schau stellen? Nur die Kammerzofen und ich betreten diese Gemächer.

Ohne das Puder sehe ich meiner Mutter sehr ähnlich. Beim Gedanken an sie zieht es schmerzhaft in meiner Brust. Sie denkt, sie habe noch die Gelegenheit, sich von mir zu verabschieden, bevor ich mit dem Herzog von Larkél nach Vigilis gehe.

Aber ich gehe heute.

Und Vigilis ist der letzte Ort, den ich als Ziel habe.

Ich streife die Schleierholzschuhe ab und tapse barfuß zurück ins Schlafgemach. Unter dem Himmelbett, das mit frischen weißen Laken bespannt ist, hole ich den Lederbeutel hervor.

Darin befindet sich das braune Arbeitergewand, das ich gleich brauchen werde. Außerdem ein schmaler Dolch, eine gefälschte Armplakette, Zeichnerkreide und ein winziger Flakon mit rot flackernder Symbolfarbe. Alles ist da. Ich bin vorbereitet.

Ich entkleide mich ganz. Mein Herz schlägt kräftig. Es kommt mir vor, als streife ich nicht die Klamotten ab, sondern Haut, wie eine Schlange. Selbst die seidene Unterwäsche tausche ich gegen ein Höschen aus grobem Leinenstoff. Mein Blick fährt dabei durchs Zimmer. Die Wand aus schwarzem Marmor ist mit Stickteppichen behängt, auf denen die einzelnen Arbeitergruppen als kleine Figürchen dargestellt sind. Sie sehen glücklich aus. Am oberen Rand erstreckt sich der Spruch wie eine Banderole:

Der Brennende König sorgt für all jene, die beitragen.

Früher im Bett, als ich kleiner war, habe ich mir oft vorgestellt, die Figuren würden aus dem Bild herausschlüpfen und im Zimmer umherlaufen, mit wildem, unruhigem Murmeln. Und irgendwann schlief ich ein, und sie waren auch in den Träumen. Dort haben sie mich um Essen angebettelt. Sie haben mich gebissen, weil sie so hungrig waren. Aber ich hatte nie Essen für sie. Ich habe keinen Zugang zu den Vorratskammern, habe ich ihnen immer wieder gesagt, doch sie hörten mir nicht zu. Sie bettelten und bissen immer weiter.

Ich wende meinen Blick von den Wandteppichen ab. Ich lasse den Raum Raum sein. Er ist nicht mehr lange wichtig.

Fertig umgezogen sinke ich aufs Bett. Mein Körper fühlt sich leicht und schwer gleichzeitig an. Das hier sind die letzten Momente, ich kann es kaum glauben. Ich kann kaum denken.

Auf dem kleinen hölzernen Nachttisch gleich neben mir liegt ein Buch, das mir die Geschichte der Stadt Larkél näherbringen soll. Ich habe vier Seiten gelesen.

Und neben diesem Buch befindet sich der weiße Seidenschleier meiner Mutter. Ich habe ihn sorgfältig zu einem Quadrat zusammengefaltet. Er muss hierbleiben. Sie würde auch jedes Risiko vermeiden. Nichts würde sie mitnehmen, was sie irgendwie in Gefahr bringen könnte.

Ich balle die Hände fest zusammen. Ich hasse meinen Vater dafür, ich hasse dieses Monster. Nur wegen ihm passieren all diese schrecklichen Dinge.

Irgendwann bezahlst du dafür.

Meine Augen brennen, und ich muss das Zittern meiner Lippen unterdrücken. Ich *muss* gehen. Ich kann nicht anders. *Verzeih mir, Mama.* In Gedanken umarme ich sie, stelle mir einfach vor, dass sie es spürt und es doch als Abschied zählt.

Mit der Fingerspitze streiche ich über den weichen Stoff, fahre über die schimmernden Goldplättchen am Rand. Ich nehme ihn in beide Hände und halte ihn mir unter die Nase. Ich rieche ihren vertrauten Geruch. Sie würde es nicht mitnehmen.

Aber ich bin nicht sie. Und ich habe vor nichts mehr Angst als davor, sie zu vergessen.

Ich schlucke nervös, greife nach dem Schleier und binde ihn mir eilig direkt am Körper um die Hüfte, sodass er den Saum meiner Unterhose nachbildet. Man wird ihn unmöglich entdecken. Es ist sicher, sage ich mir.

Dann wuchte ich mich nach hinten auf die Matratze. Ich werfe einen Blick auf das kleine, bläulich getönte Stundenglas am Kopfende des Himmelbetts. Ein halber Stundenschlag noch, dann geht es los.

Eine Weile sitze ich bloß da, klein und zusammengesunken auf dem weichen Federbett. Ich lausche meinem Atem. Ich höre meinem Herzen zu, wie es mit jedem Zeitkorn schneller wird.

Das hier ist die Nacht der Abholung. Wenn ich dem Plan folge, kann nichts schiefgehen. Wenn ich dem Plan folge, dann entkomme ich diesem Leben für immer.

Brennt es euch auch schon in den Fingern? Habt ihr die **Kettenhemdringe** schon zusammengekratzt? Werft ihr bereits einen nervösen Blick zur **Knochenuhr**, weil ihr viel zu wenig Zeit fürs heutige Würfelspiel habt?

Dann wollen wir euch nicht länger auf die **Folter** spannen. Hier ist die Anleitung:

Könige und Narren – Das Würfelspiel

Spielvorbereitung

Simpel – es werden zwei Würfel benötigt, und jeder Spieler erhält zehn Kettenhemdringe.

Spielziel

König werden, also sämtliche Ringe der anderen Narren zu erspielen.

Das Spiel

Grundsätzlich geht es darum, den Würfelwurf des vorangegangen Spielers mit dem eigenen Würfelwurf zu übertreffen und dadurch Ringe zu gewinnen.

Das Überwerfsystem staffelt sich wie folgt:

- Man bildet aus den beiden Würfeln seine Zahl, und zwar die höher mögliche. Wirft man z. B. eine Zwei und eine Drei, so macht man daraus eine 32 und keine 23,

wirft man z. B. eine Sechs und eine Vier, so macht man daraus eine 64 und keine 46.
Ist die Zahl höher als die zuvor geworfene, hat man den Wurf gewonnen.

- Ein Pasch ist höher als jede andere Zahl. Je höher der Pasch, desto besser. Pasch zwei schlägt Pasch eins. Pasch drei schlägt Pasch zwei usw.
- Ist das Wurfergebnis identisch, so kommt es zu einem Stechen. Beide Spieler nehmen einen Würfel in die Hand und werfen gleichzeitig. Die höhere Zahl gewinnt.

Startspieler A beginnt, er muss dafür einen Ring in den Pot setzen und würfelt.

Spieler B hat nun zwei Möglichkeiten:

1. Er spielt mit um den Pot, indem er ebenfalls einen Ring in den bestehenden Pot setzt.
2. Er gibt den bestehenden Pot freiwillig an den vorherigen Spieler ab (da er sich keine Gewinnchancen ausrechnet) und beginnt einen neuen Pot.

Entscheidet er sich für:

1., würfelt er.

Ist sein Ergebnis schlechter als das von Spieler A, so erhält Spieler A den Pot.
Ist sein Ergebnis besser als das von Spieler A, so hat B nun das Anrecht auf den (nun bereits etwas wertvolleren) Pot – allerdings nur, wenn Spieler C es nicht schafft, das Ergebnis von Spieler B zu überwerfen, oder freiwillig einen neuen Pot eröffnen will.

2., geht der alte Pot an Startspieler A.

Spieler B setzt nun einen Ring in die Mitte, um den neuen Pot zu eröffnen. Er würfelt. Da es ein neuer Pot ist, muss er niemanden überbieten. Nun geht es weiter mit Spieler C.

Aktionen

So viel zum grundsätzlichen Spielprinzip. Probiert das erst einmal kurz aus, damit das klar ist. Wenn man es einmal drinhat, ist es ganz einfach und läuft von selbst ☺.

Da das Spiel so aber noch ein bisschen lahm wäre, gibt es noch einige Aktionen, die man sich mit seinen Ringen erkaufen kann. Jetzt kommt der Teil, warum Noel und Melvin manchmal aufstehen, wie gebannt auf die noch rollenden Würfel starren und dann laut aufschreien, wenn sie zum Liegen kommen.

AKTION 1: ZWINGEN

Entscheidet sich ein Spieler (B), dass er nicht um den aktuellen Pot mitspielen, sondern einen neuen beginnen möchte (weil er denkt, dass er es sowieso nicht schafft, höher zu werfen), so hat der Spieler vor ihm (A), die Möglichkeit, ihn zum Mitspielen zu zwingen, indem er selbst noch zwei zusätzliche Ringe in den Pot legt.

Das ergibt dann Sinn, wenn sich der Spieler A sicher ist, dass er nicht mehr überworfen wird. Hat er z. B. einen Pasch vier geworfen, so wird der Spieler B nach ihm sehr wahrscheinlich keinen höheren Wurf haben. Das heißt, Spieler A investiert zwei Ringe, um wahrscheinlich einen weiteren Ring dazuzugewinnen. Verliert er nun aber den Wurf, so verliert er natürlich auch die zwei weiteren Ringe, die er mit in den Pot gelegt hat. Zwingen bedeutet also immer auch das Risiko, anstatt einen höheren Potgewinn zu erhalten, den Pot komplett zu verlieren.

AKTION 2: ERHÖHEN UND KONTERN

Vor dem eigenen Würfelwurf kann man zusätzliche Ringe in den Pot legen, um seinen Würfelwurf (*den man allerdings noch nicht geworfen hat*) um + fünf Augenzahlen je eingesetzten Ring zu erhöhen. Aus einer 64 würde also z. B. mit einem zusätzlichen Ring eine 69 werden.

Wenn man einen Pasch wirft, erhöht jeder Ring den Pasch um jeweils eins. Mit einem eingesetzten Ring würde somit aus einem Pasch zwei ein Pasch drei werden.

Der Spieler, der überboten werden soll, kann diese eingesetzten Ringe allerdings kontern. Für jeden Ring, den der Gegenspieler zum Erhöhen einsetzt, kann er einen Ring setzen, um die Erhöhung zu neutralisieren. Das kann sogar immer so weitergehen, bis jemand alle seine Ringe in den Pot geworfen hat.

ACHTUNG: Kontern heißt nicht, dass man seinen eigenen Wurf nachträglich erhöhen kann! Man kann bloß die Erhöhung des Gegenspielers neutralisieren.

Wird nicht (mehr) gekontert, so ist es maximal möglich, seinen Wurf mit vier Ringen, also + 20 oder Pasch + vier, zu erhöhen.

Auch wenn man z. B. schon sechs Ringe oder noch mehr eingesetzt hat und diese gekontert wurden, ist es immer noch möglich, mit vier weiteren Ringen auf + 20 zu kommen.

Die Erhöhung wird nun schließlich auf den Wurf raufgerechnet. Überwirft man damit den vorherigen Spieler, so bleibt der Bonus auf dem Wurf bestehen. Der nächste Spieler kann nun allerdings erneut versuchen, seinen Wurf im Vorhinein zu erhöhen, und wird dann eventuell gekontert.

Hat ein Spieler sich z. B. + 15 erkauft und wirft z. B. eine 64, so bleibt sein Ergebnis bei 79. Dies kann der Spieler nach ihm nur schlagen, wenn er seinen Wurf selber erhöht oder er einen Pasch würfelt – denn selbst ein Pasch eins ist stärker als eine 79.

AKTION 3: WURF WIEDERHOLEN

Hat man geworfen und den Wurf verloren, so gibt es noch die Möglichkeit, fünf Ringe in den Pot zu setzen und seinen Wurf zu wiederholen. Klappt es nun aber wieder nicht, sind somit fünf weitere Ringe verloren. Solange man genügend Ringe hat, kann man den Wurf beliebig oft wiederholen. Möglich aber, dass man dabei seine kompletten Ringe verliert, wenn die Würfe immer wieder drunterbleiben.

Der Phönix

Dann gibt es noch eine Besonderheit, wenn eine 21 geworfen wird. Die Feierbiester unter euch, die jetzt schon »MEIER!« brüllen wollen, müssen wir allerdings leider enttäuschen: Eine 21 ist hier »Der Phönix«. Wird ein Phönix gewürfelt, so muss der König, also derjenige mit den meisten Ringen, an jeden Mitspieler einen Ring abgeben.

Das passiert allerdings, *nachdem* der Wurf verrechnet und der Pot evtl. schon vergeben wurde.

So, jetzt aber los!

Dreht die Öllampen runter, und rückt enger zusammen.

Es kann nur einen König geben!

Interview mit Bernhard Hennen

© Bettina Blumenthal

BERNHARD HENNEN begleitet die Buchreihe »Kings & Fools« als Pate. Mit seiner langjährigen Erfahrung und seinem Fachwissen als einer der aktuell erfolgreichsten deutschen Fantasy-Autoren beantwortet er Natalie Matt und Silas Matthes Fragen zum Aufbau von Lavis, der mit unzähligen Details angereicherten, düsteren und phantastischen Welt in »Kings & Fools«. Er hilft bei Entscheidungen zu passenden mittelalterlichen Details, findet Lösungen für knifflige Plotprobleme und begleitet die Autoren aktiv im Schreibprozess. Aber nicht nur das, es gibt auch ganz praktische Tipps vom Meister der Fantasy: So trafen sich Bernhard Hennen, Natalie Matt und Silas Matthes beispielsweise, um gemeinsam Schwertkampf zu trainieren und die Kampfszenen in den ersten Bänden von »Kings & Fools« möglichst wirklichkeitsgetreu nachzustellen.

Lest hier ein exklusives Interview mit Bernhard Hennen, in dem er über »Kings & Fools« und seine Rolle als Pate der Reihe spricht.

Was ist Ihre Lieblingsszene in »Verfluchte Gräber«?
Was hat mir in Band drei am besten gefallen? Die Antwort auf diese Frage wird mit jedem Buch etwas schwerer. Ich mochte den Augenblick des ersten Kusses zwischen Noel und Sam sehr. Auch die dramatische Szene ganz zum Schluss, in der Noel aufdeckt, wer Sam wirklich ist, hat mir sehr gut gefallen. (So gut, dass ich eigentlich noch dringender wissen möchte, wie es zwischen den beiden weitergeht, als, wie sich das Rätsel der geheimen Botschaft auf dem Friedhof auflöst.) Doch noch etwas Vorsprung vor diesen beiden Höhepunkten in der Erzählung (ja, ich gestehe, ich mag es romantisch) hat für mich das Kapitel, in dem das Wasser in Favilla einbricht. Ich war ganz und gar an Noels Seite, als er sich durch die steigende Flut kämpfte, und habe beim Lesen die Welt um mich herum vergessen. Mehr kann ein Buch nicht schaffen!

Was hat Sie dazu bewogen, als Pate an der Buchreihe »Kings & Fools« mitzuwirken?
Es gab gleich zu Beginn des Projekts zwei Punkte, die mich überzeugt haben, einzusteigen. Zum einen waren es die atmosphärisch dichten Leseproben von Natalie und Silas, zum anderen das Konzept für die Buchreihe. Kurze Bücher, die sich im Aufbau an den Strukturen moderner Fernsehserien orientieren, fand ich überaus interessant. Schnell vorangetriebene Geschichten sind für ein jugendliches Publikum, dessen Erwartungen an Stories mehr vom Fernsehen als von Leseerlebnissen geprägt sind, die richtige Antwort am Buchmarkt. Inwieweit all die Ideen, die hinter dem Projekt standen, dann auch umsetzbar waren, musste sich erst noch zeigen. Doch war das Konzept innovativ und viel-

versprechend und es war spannend, sich auf etwas ganz Neues einzulassen.

In welcher Form haben Sie an »Kings & Fools« mitgearbeitet?
Ich hatte das Glück, noch während der Arbeit an den Exposés zum Team bei Oetinger34 zu stoßen und fast von Anfang an Einfluss auf etliche Details der Geschichte nehmen zu können. So wurde zum Beispiel aus dem Friedhof, der als Versteck der Favilla dienen sollte, eine Nekropole, das Königreich wurde etwas größer als ursprünglich geplant, und der Brennende König bekam seine Farbe. Außerdem habe ich versucht, ständig für Natalie und Silas erreichbar zu sein. Wir haben Abläufe von Action-Szenen besprochen, Details bei Schwertkämpfen oder nächtlichen Fluchtszenen im Wald. Es war fordernd, aber ein positiver Stress, aus dem ich auch neue Kraft für eigene Projekte gezogen habe.

Was ist in Ihren Augen das Besondere an »Kings & Fools«?
Es ist ein gelungener Genremix, der Elemente aus Fantasy und Mystery miteinander verbindet und frischen Wind in die phantastische Literatur bringt.

Sie schreiben bereits seit Jahren sehr erfolgreich Fantasybücher. Welche Erfahrungswerte konnten Sie den beiden Autoren besonders mit auf den Weg geben?
Es ist mein Credo, dass Fantasy einem Autor nicht erlaubt, einfach wild drauflos zu formulieren. Um eine neue Welt überzeugend und lebendig zu gestalten, muss man sehr viel Planungsarbeit investieren. Es sind die Details, die im Kopf des Lesers einen Film ablaufen lassen und eine Fantasywelt

unverwechselbar machen. Und diesen Details nähert man sich auf zwei Wegen, durch Recherche oder besser noch durch eigene Erfahrung, wo dies möglich ist. Man schreibt Reitszenen einfach anders, wenn man selbst Umgang mit Pferden hatte oder die Gefühle eines Kriegers am Abend vor der Schlacht, wenn man mit Soldaten gesprochen hat, die wirklich in die Schlacht ziehen mussten.

Ein Gruß an die Leser:
Seid auf der Hut, wenn ihr zu eurer Lesereise in die düsteren Gewölbe von Favilla aufbrecht. Fast alles ist anders, als es auf den ersten Blick scheint.

7 Fragen an Natalie Matt

© BLACK DEER

Nebel oder **Regen?**

☒ ☐

Würfel spielen oder **am Feuer quatschen?**

☐ ☒

Theorie oder **Praxis?**

☒ ☐

3 Sätze über Dich: *Ich heiße Natalie, bin 1993 in Freudenstadt im Schwarzwald geboren und studiere Kulturwissenschaft. Ich liebe es, mich faszinieren zu lassen und von Begeisterungswellen völlig mitgerissen zu werden – bestenfalls andere dabei anzustecken. Ich glaube, das sind die schönsten Momente im Leben, immer die, bei denen es Dir durch und durch geht.*

Warum Oetinger34? *Mir gefällt es, so nah an der Zielgruppe zu sein, das direkte Feedback zeigt gleich, was ankommt und was nicht. Ein spannendes Konzept, das auf dem Buchmarkt heraussticht.*

Was ist das Besondere an Deinem Text? *Das sollt Ihr erst mal selbst herausfinden. Ich hoffe jedoch, die Lebendigkeit im Text springt auf Euch über. Der Text soll leben, durch die Nähe zu den Figuren und die ganz eigene Atmosphäre.*

Ein Gruß an Deine Leser: *Ich hoffe, Ihr habt beim Lesen genauso viel Spaß, wie ich beim Schreiben hatte.*

7 Fragen an Silas Matthes

© Stefan Schröder

Nebel oder **Regen?**

☐ ☒

Würfel spielen oder **am Feuer quatschen?**

☒ ☐

Theorie oder **Praxis?**

☐ ☒

3 Sätze über Dich: *Ich bin Silas und wurde 1992 im schönen Hamburg geboren. Wenn ich nicht gerade studiere oder schreibe, verreise ich, spiele Handball, Beachvolleyball oder Klavier und genieße das Leben mit meinen Lieblingsmenschen. Ich glaube, dass Lachen zu den großartigsten Dingen auf dieser Welt gehört.*

Warum Oetinger34? *Ein ganz neues Imprint, das gezielt Debütanten sucht und in dessen Rücken ein Riese wie die Verlagsgruppe Friedrich Oetinger steht – na ja, habe ich mir gedacht, ich wäre ein ganz schöner Trottel, wenn ich es nicht mal versuchen würde.*

Was ist das Besondere an Deinem Text? *Oh, ich denk mal, das variiert von Leser zu Leser. Für mich sind es bei ›Kings & Fools‹ wahrscheinlich die erzählerischen Besonderheiten, die sich durch das Schreiben im Autorenteam und zum Beispiel durch die damit verbundenen Perspektivwechsel ergeben. Und die Atmosphäre der Bücher hat etwas ganz Eigenes, finde ich.*

Ein Gruß an Deine Leser: *Moin!*

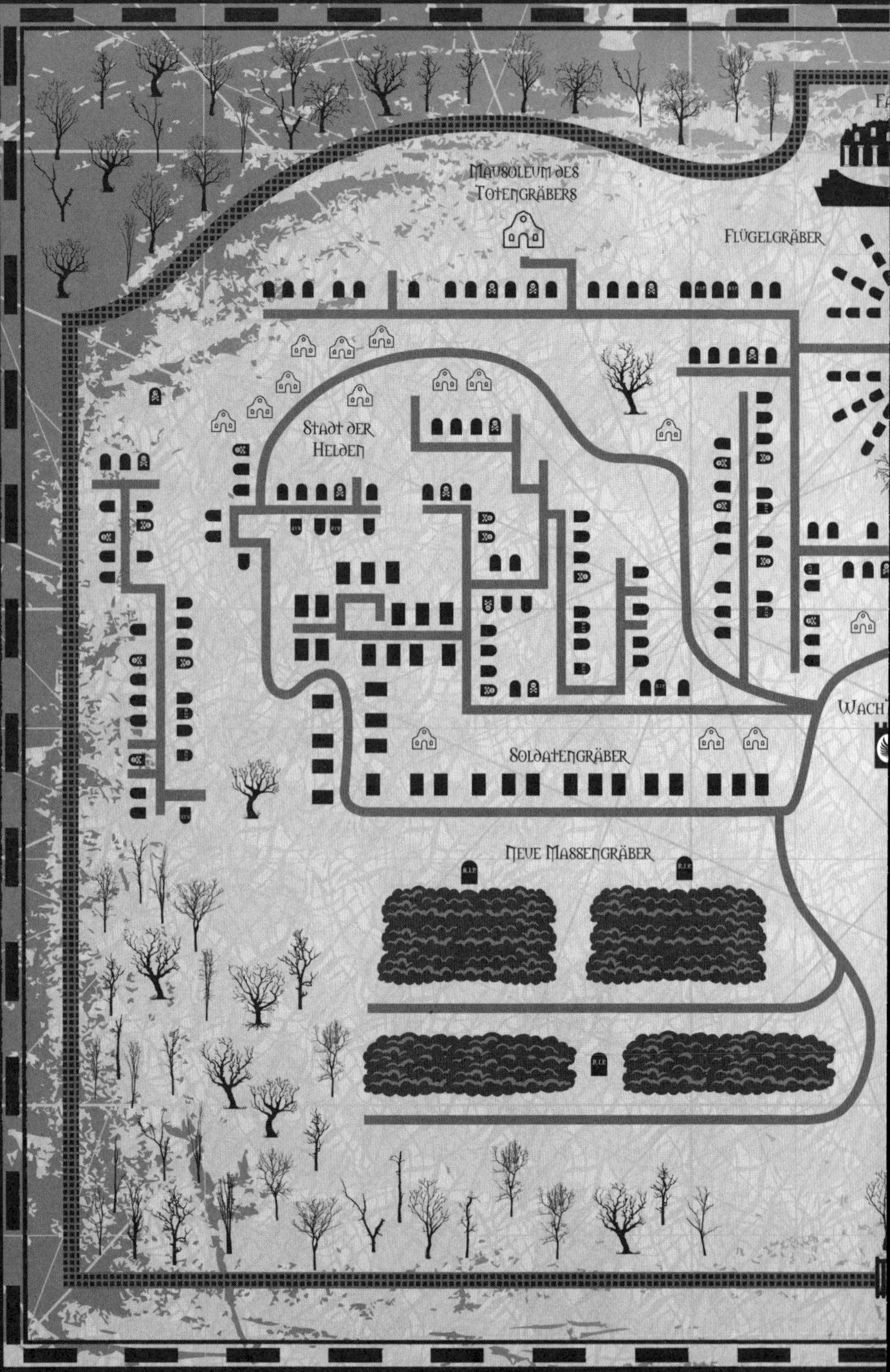
Mausoleum des Totengräbers
Flügelgräber
Stadt der Helden
Soldatengräber
Neue Massengräber